Entre puntos suspensivos

Mayte Esteban

Editado por Harlequin Ibérica.
Una división de HarperCollins Ibérica, S.A.
Núñez de Balboa, 56
28001 Madrid

I.S.B.N.: 978-84-687-9095-4
Depósito legal: M-38889-2016

A mis padres, que me dejaron ir todas las tardes a la biblioteca

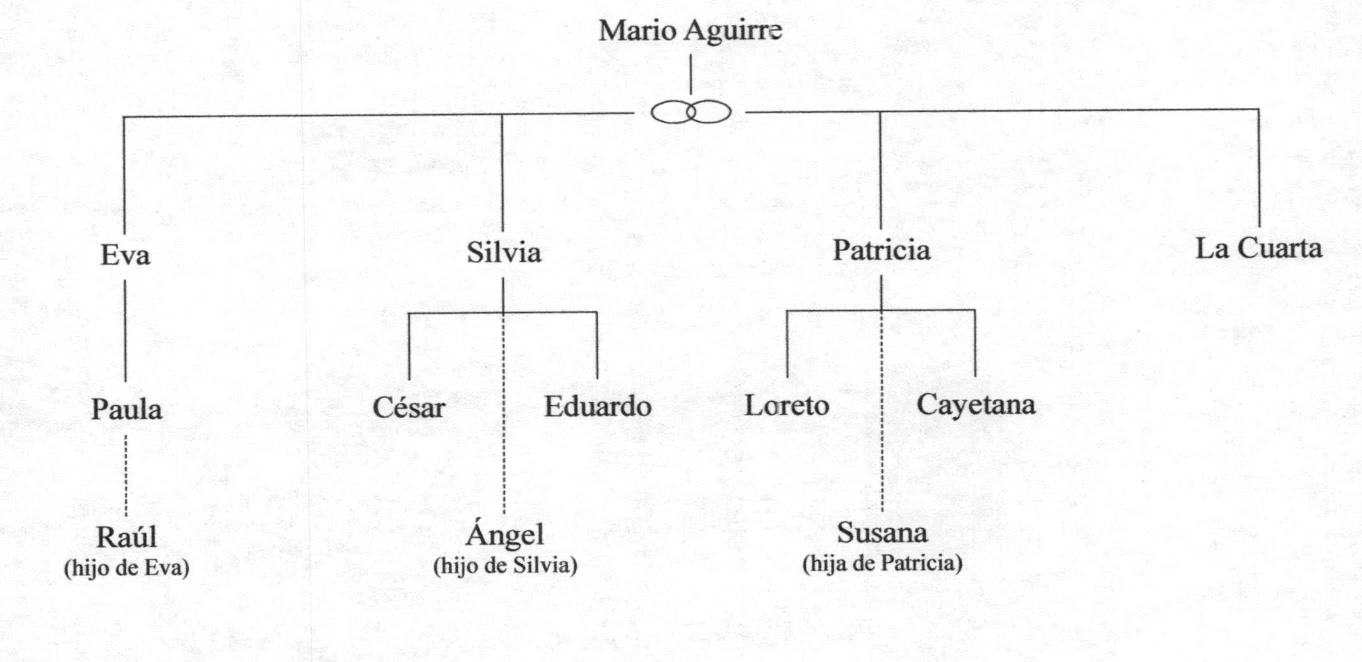

Mario Aguirre
Eva
Silvia
Patricia
La Cuarta
Paula
César
Eduardo
Loreto
Cayetana
Raúl
(hijo de Eva)
Ángel
(hijo de Silvia)
Susana
(hija de Patricia)

Cuando una historia se termina hay que ponerle fin. O punto. Pero uno solo. Si se deja en puntos suspensivos no se puede empezar nada nuevo.

Su chico de alquiler

Dicen que un hilo rojo invisible conecta a aquellos que están destinados a encontrarse, sin importar el tiempo, el lugar o las circunstancias. Este cordón es mágico y se podrá estirar o contraer, pero nunca se romperá. Esas dos personas, cuyos meñiques permanecen unidos por un hilo rojo, estarán destinadas a ser amantes, independientemente de la hora, el lugar o la circunstancia. Estarán unidos para siempre.

Leyenda asiática

Capítulo 1

Lo más valioso no es lo que tengo,
sino a quién tengo
Anónimo

La puerta del despacho del inspector Muñoz se abre de golpe, alentando a una ráfaga de aire que hace que los papeles que reposan desordenados en su mesa salgan volando y aterricen en el suelo. El inspector, treinta y dos, pelo muy corto, ojos negros y brazos tan musculados que tiene que mandar que le hagan las camisas de encargo, se pone furioso. Tiene advertidos a todos en la comisaría que, antes de poner un pie en sus dominios, al menos se tomen la molestia de llamar con educación. Está a punto de gritar a quien ha osado entrar así; sin embargo, su primera intención muta al ver a la mujer que se acaba de sentar frente a él, sin haber sido invitada.

—¿Vas a seguir mirándome con cara de idiota? —le pregunta ella.

Javier Muñoz espanta el desconcierto, deja de lado

el comentario mental que ha hecho sobre lo que opina de lo bien que le queda el vestido que lleva y se cuelga la placa de manera imaginaria, recuperando el aplomo que ha volado con sus papeles. O más bien con la visión de quien tiene delante. Desde luego no es alguien a quien esperase en su despacho esta mañana.

—Ya veo que has aprendido a llamar antes de entrar.

Lo dice con ironía, con intención de molestar a la visitante que ha provocado que los documentos del caso que estaba revisando se hayan mezclado por el suelo. Es uno que está a punto de prescribir, al que quiere echar un último vistazo antes de darle carpetazo. Ahora, cuando ella se vaya, tendrá que volver al principio. Es lo que esta mujer provoca siempre, desorden en su vida. Altera lo que creía listo para dejar en la estantería de los asuntos terminados y le obliga a regresar a un pasado del que nunca se ha deshecho del todo.

Con aparente tranquilidad, escondiendo de sus ojos la tormenta que se está formando en su cabeza, Javier empieza a colocar las hojas dispersas y se agacha para recoger del suelo las que han acabado allí. Cuando lo hace, desde debajo de la mesa, mira los zapatos de su visitante, las medias que realzan la perfección de sus largas piernas y observa perplejo cómo se levanta y sale del despacho. Unos toques impacientes en el cristal de la puerta le ponen en alerta y se levanta demasiado rápido, tanto que no puede evitar darse un golpe con el tablero de la mesa.

—¿Puedo pasar? —grita ella, desde fuera del despacho, tan fuerte que media comisaría tiene que estar mirándola.

—¡Quieres no armar escándalo! —replica él, levantándose mientras se frota la cabeza.

Javier abre. A la vez que la deja entrar, lanza una mirada reprobatoria al exterior del despacho que provoca una reacción inmediata en sus compañeros de trabajo. Todos se apresuran a parecer muy ocupados. Después, cierra con cuidado, intentando retomar el control de la situación.

—Me puedo sentar, ¿verdad? —pregunta la mujer. El tono está cargado de la misma ironía que minutos antes ha empleado él con ella.

—¿Qué quieres, Paula? Me imagino que esta no es una visita de cortesía.

Con un gesto le indica la silla.

—No —dice ella—. No es una visita de cortesía. Necesito tu ayuda.

Javier se apoya en el borde de la mesa, de pie, buscando una posición que la intimide. O, quizá, una en la que no acabe siendo él intimidado por ese vendaval que tiene delante. Se cruza de brazos y la mira a los ojos, intentando averiguar qué clase de ayuda puede necesitar Paula para haber aterrizado en su despacho.

—¿Has matado a alguien? —le pregunta.

—Eres idiota, idiota perdido. No estoy de broma.

—No me digas más; has cambiado de idea y me vas a dejar a Valeria todos los fines de semana. Los necesitas para irte de viaje con ese novio italiano que tienes ahora. ¿Cómo se llamaba? ¡Andrea! Sí, bonito nombre para un tío…

Paula se impacienta y además no cree que sea momento para meter a su hija en la conversación, ni tampoco a su pareja.

—¿Ya?

—¿Ya, qué?

—Que si ya has dicho la tontería de turno y me vas a dejar hablar.

—Habla.

—Mi padre ha desaparecido.

Javier se siente idiota cuando escucha sus palabras. Ahora que se fija con más calma en ella, por debajo del maquillaje se adivinan las ojeras que ha tratado de disimular y sus ojos rojos señalan que ha pasado horas llorando. Si tuvieran que darle nota por su sensibilidad, sospecha que suspendería el examen.

Sabe que no tiene que hacer comentarios sarcásticos, que lo único que logra es cabrear más a Paula, pero a veces no puede evitarlo.

—¿Qué ha pasado? —pregunta.

Por fin, Javier ha decidido dejar de lado los temas personales y escucharla. Relaja la postura, sentándose a su lado en la silla vacía que queda al otro lado de su mesa.

—No lo sé. Creo que lleva desaparecido desde el lunes, aunque hasta hoy no me he dado cuenta.

—Estamos a jueves, Paula. ¿No le has echado de menos hasta hoy?

A Javier se le ocurre otra impertinencia, pero logra callar a tiempo. Paula está inquieta, no es el momento ni el lugar para dejarse llevar por la tonelada de reproches que se guardan y, además, Mario Aguirre, el padre de ella, le cae bien y quiere saber qué ha pasado con él.

—He tenido mucho lío este mes con los pedidos de la tienda. He estado saliendo pronto de casa y llegando muy tarde. No se me ocurrió llamarle hasta esta mañana. Al principio no me preocupé. Es normal que se olvide de ponerle el sonido al móvil, así que le dejé un mensaje. Miré varias veces si lo había abierto, pero nada. Tampoco le di importancia, hasta que vi esto.

Paula saca el móvil, abre la aplicación de chat y selecciona el contacto de su padre. Señala la hora de la última conexión y allí se lee: *última vez lunes a las 11:07*. Le explica que Mario se pasa el día mandando mensajes, no es normal que se hayan quedado atascados en el lunes y que no descuelgue el teléfono.

—¿No será que has discutido con él y no quiere hablar contigo? —pregunta Javier, que sabe que Paula y Mario son capaces de pelearse por la estupidez más grande. En realidad, Paula es capaz de discutir por cualquier tontería, bien lo sabe él.

—Tampoco contesta a mis hermanos —puntualiza ella, mirándole ya sin rastro de agresividad.

Javier se queda un instante sin saber qué decir. El ver a la Paula más frágil asomada a través de sus ojos, despierta una alerta. El saber que su familia también ignora el paradero de Mario, la multiplica. Le hace pensar que quizá se ha precipitado con sus comentarios. Ya es tarde para volver atrás, pero quizá pueda reconducir la conversación y comportarse como el policía que es. Ahora piensa que si Paula está allí es porque necesita al inspector, no a su ex, ni siquiera al padre de su hija, y debería haberse dado cuenta de eso mucho antes.

—Déjame a mí.

Javier saca su móvil del bolsillo y busca el teléfono de Mario. Inicia una llamada y el teléfono le devuelve el mensaje grabado de la compañía que indica que no está operativo. Repite la llamada para asegurarse y obtiene la misma respuesta.

—¿Lo ves? —dice Paula, dejando caer con la pregunta un tono aún más preocupado que eleva la alarma de Javier.

—¿Ha pasado algo extraño estos días? ¿Estaba bien? —le pregunta.

—El domingo, Valeria y yo estuvimos comiendo con él y no noté nada raro. Aunque desde que se ha jubilado parece otro.

Mario Aguirre tiene una energía y una salud impropias de alguien de su edad. Afirma, a quien se pare a escucharlo, que seguro que tiene que ver con que nunca se ha sentido mayor y disfruta de cada oportunidad que se planta ante sus ojos. Y puede que sea cierto. Se casó cuatro veces, se divorció las mismas —la última al poco de nacer Valeria— y, aunque en su vida ha cambiado de pareja como quien cambia de camisa, no ha vuelto a hacer la tontería de intentar formalizar un compromiso. El viejo profesor de universidad, como él ironiza cuando habla de sí mismo, es un jovencito inestable en cuestiones sentimentales.

—Con eso de que parece otro, ¿a qué te refieres? —pregunta Javier Muñoz.

—Pues a que ejerce de abuelo con Valeria, por ejemplo. Ha ido ordenando su vida, tanto que a mí llegó a asustarme. Sabes que siempre ha ido mucho a su aire, pero ahora no parece él. ¡Pero si hasta se llevó a la niña al cine el sábado!

—¿Mario?

—El mismo. Y también estuvo en la actuación de Valeria.

Cuando Paula menciona el día en el que su hija tocó el piano en un recital del conservatorio, Javier carraspea. Se le olvidó ir. Le puso a la niña la excusa de un imprevisto en el trabajo, pero no era cierto, ni siquiera se acordó. Sabe que Valeria lo creyó, pero no está tan seguro de que a Paula se le escapase su despiste y teme que en este momento se lo eche en cara. Sin embargo, no lo hace.

—Agota todas las posibilidades de preguntar y, si nadie sabe nada, pon una denuncia.

—¡Ha pasado mucho tiempo ya! ¿No es suficiente? —pregunta ella.

—Paula, tu padre es mayor de edad, está bien de salud y puede haberse marchado sin dar explicaciones a nadie.

—Mis hermanos tampoco saben nada de él, ¿qué más quieres?

—Solo te digo que es habitual que…

—¡A la mierda con lo que es habitual, Javier, es el abuelo de tu hija! ¡Haz algo!

—Tranquilízate.

—¿Tú estarías tranquilo si no supieras dónde está tu padre?

Dispara la pregunta con rabia y a punto está de perder el control y llorar, algo que no quiere permitirse delante de él.

—Está bien. Si dices que ya has llamado a quienes pueden saber algo de él, pon la denuncia ya, pero no grites, no vas a solucionar nada.

—Pues empieza a apuntar, quiero denunciar.

—Espera.

Javier descuelga el teléfono para buscar a un agente que le tome los datos. Tras un par de minutos encuentra a uno libre al que le encargará que le haga a Paula las preguntas necesarias para tramitar la denuncia.

—¿No lo vas a hacer tú? —le dice, al darse cuenta de que ha delegado el caso en un subordinado.

—Yo no me ocupo de eso —le contesta él.

—Podrías hacer una excepción.

Podría, pero no quiere. Prefiere que sea otro quien lleve el asunto, y no solo porque encargarse de la desaparición de una persona mayor de edad no le corresponde a él, sino porque es mejor para los dos que no estén demasiado tiempo juntos. Hasta el momento la conversación no ha derivado en una verdadera pelea verbal, pero si se dan tiempo, acabarán haciéndolo. Como siempre. Con Paula siempre acaba discutiendo, diciendo algo inconveniente, a lo que ella responde elevando el tono y logrando que la situación se les vaya de las manos a ambos. Desde hace años parecen dos obuses estallando el uno contra el otro.

La acompaña hasta la mesa de su subordinado y vuelve a su despacho. Una vez dentro, intenta retomar el caso que se traía entre manos, pero sabe que no va a ser capaz de concentrarse. Se levanta de la silla y se asoma por la pequeña ventana de la puerta, desde donde puede ver a Paula hablando con el policía. Posa su mano en el pomo para salir y pedirle a su compañero que le deje a él seguir, pero antes de que le dé tiempo alguien abre desde fuera, dándole con la puerta en plena cara.

—¡Perdón, no te he visto! —dice el agente Escudero, su compañero de la academia—. Oye, ¿esa que está en la mesa de Martínez no es tu ex?

—Sí, es Paula. ¿Voy a tener que poner un cartel para que alguien entienda que hay que llamar a la puerta antes de entrar? —le pregunta, mientras se frota la frente.

—Lo siento, es urgente. Se ha organizado una pelea entre menores en el patio de un instituto, por una foto que han colgado de una chica en Instagram con un comentario insultante. Han acudido dos patrullas, pero ni con la ayuda de los profesores nuestros hombres se hacen con ellos. He mandado refuerzos y parece que la situación está controlada, aunque me temo que en media hora vamos a tener la comisaría llena de padres furiosos. Quería que lo supieras.

—Lo que faltaba. Gracias, Escudero.

Paula se ha pasado el fin de semana llamando a Javier. Necesita saber si ellos han hecho algún avance en la investigación. El perfil de Mario sigue repitiendo que dejó de comunicarse por mensajes el lunes por la mañana y continúa sin coger ni una sola llamada, la haga quien la haga. Sus hermanos lo han intentado, de hecho Paula ha puesto en guardia a todo el mundo, pero nadie es capaz de localizar al profesor jubilado.

Como siente que no puede cruzarse de brazos, ha pegado carteles con la cara de Mario por todas partes, ha publicado en su abandonado perfil de Facebook que lo está buscando y hoy lunes se ha acercado hasta el centro de salud, a ver al médico de su padre. Quiere preguntarle si sufre alguna dolencia relacionada con la memoria que justifique que se haya perdido, pero el doctor, saltándose el juramento hipocrático, le hace una promesa personal, asegurando que no, que no hay nada que haga pensar que a su padre le pasa algo. En ningún momento ha detectado un solo indicio de que se le olviden las cosas. Si Paula descarta eso y si elimina que no ha habido un accidente donde haya una víctima sin identificar —la policía se lo habría dicho—, deduce que Mario se ha tenido que ir por voluntad propia. Pero no, no puede ser, en ese caso está convencida de que le habría contado sus planes.

Un poco más tarde, en la comisaría, Javier se preocupa mucho más después de hablar de nuevo por teléfono con Paula. Empieza a pensar que ya son muchos días, que quizá lleve razón en su sospecha y le ha pasado algo a Mario. Al final, decide que lo mejor es que se dejen de llamadas y queden en una cafetería.

Su relación no es idílica, ni siquiera ha sido demasiado fluida en este año que hace desde la última vez que estuvieron juntos. Su historia ha sido siempre un continuo tira y afloja desde el primer beso que compartió con ella durante su primer amor: seis meses los marcaron a fuego a ambos. Tanto que nunca han sido capaces de desvincularse del todo y en este tiempo han sido constantes las idas y venidas. La mayoría, breves y sin consecuencias. Una de ellas, tan corta como las demás, les dejó un recuerdo que ahora tiene siete años: Valeria. Se coló en sus vidas tras una de esas noches en las que sellaban una tregua entre las sábanas. Es lo que ahora conservan en común, lo que les impide tomar caminos distintos de una vez, y eso que Javier intuye que sería lo mejor para los dos. Para los tres, porque Valeria ha tenido que verlos discutir más de una vez, y eso no es bueno para ella.

Coge la chaqueta y, cuando abandona el despacho rumbo a la puerta de salida, tropieza con Miranda Sánchez, una agente que llegó hace menos de un año y con la que Javier intercambia algo más que trabajo y cafés.

—¿Dónde vas? —le pregunta ella.

—Voy a hacer una comprobación sobre un caso —le contesta muy seco.

Se siente fastidiado porque se haya dirigido a él con el tono en el que lo ha hecho y se niega a darle más explicaciones. Sus palabras han sonado controladoras y eso, sumado a que él es su superior y están en el centro de trabajo, le ha molestado. Además, no hace falta que vaya dejando claro cada minuto que son algo más que compañeros.

—¿Vas a ver a Paula? —le pregunta.

Miranda, como en realidad todos en la comisaría, está al tanto de la desaparición de Mario Aguirre y sabe que Javier ha puesto a trabajar a varios de sus hombres en el caso y el interés que muestra en que lo encuentren rápido le parece desmedido.

—Tengo que verla, no encontramos a su padre.

—Lo sé. ¿Y qué? —dice Miranda—. No hay indicios de que le haya pasado nada y es mayor de edad. Tú lo sabes. Aunque no aparezca en unos días no tiene por qué haberle sucedido algo. ¿Es lo que le vas a decir? Para eso no creo que tengas que verla, con una llamada será suficiente.

—Ya sabré yo lo que le tengo que decir y cómo se lo voy a decir, ¿no crees?

Al oír esto, Miranda está a punto de soltar una impertinencia, de arrojar unas palabras que le arden en la lengua, pero al final decide guardárselas y darle un voto de confianza, aunque sabe que confiar en Javier cuando Paula está cerca es hacer un enorme acto de fe.

—Espero que no te escaquees para comer.

Suena a orden y lo ha dicho tan alto que dos agentes han vuelto la cabeza al escucharla. Javier sabe que se ha comprometido a comer con ella y no replica, aunque se quede con las ganas. Después de hacerle un gesto afirmativo con la cabeza, sale del edificio y se sube a su moto. Más tarde irá a comer con Miranda, pero aprovechará para recordarle que en el trabajo solo son compañeros. No, compañeros no: él es su superior.

El tono que ha empleado Miranda, al que no le tiene acostumbrado, ha estado de más.

La Madriguera, la cafetería donde han quedado Javier y Paula, está cerca de la comisaría, a solo unos minutos andando, pero Javier ha preferido coger la moto. Después de hablar con Miranda, necesita despejarse y la mejor terapia que conoce es subirse a los lomos de su máquina. No quiere acudir furioso a una cita con Paula, porque teme no tener la paciencia que le hace falta con ella. Por eso recorre algunas calles, dando una vuelta innecesaria, y todavía se entretiene un poco más mientras busca aparcamiento. Para cuando llega, la sala está llena. Son muchas las oficinas que tienen su sede en los alrededores y a esa hora se reúne bastante gente para desayunar o tomarse el café de la pausa a media mañana.

Paula espera desde hace rato en una mesa del fondo. Está guapa. Hoy ha elegido unos vaqueros y un suéter de cuello vuelto que se ajusta a su pecho e insinúa un contorno mucho más que apetecible. Javier se queda parado un momento nada más atravesar la puerta. Conoce a la perfección cada centímetro de la piel que esconde aquella ropa y se entretiene recordando las veces que la ha recorrido con sus manos. Muchas, pero también sabe que menos de las que le gustaría haberlo hecho. Tras unos instantes, da un paso hacia ella, deja atrás los pensamientos. No es momento de sumergirse en ellos, tienen que sellar una tregua en esa guerra que se traen, al menos hasta que descubran qué es lo que ha pasado con el padre de Paula.

En ese momento, ella se gira y le ve. Hace más de diez minutos que quedaron y le está molestando la espera, aunque él le advirtiera que era posible que llegase tarde. En su trabajo nunca se sabe cuándo puede saltar una alarma que le obligue a dejar las citas previstas para otro momento. Le sonríe al verlo, aunque se regaña al instante. Con Javier es mejor no bajar la guardia porque, si lo hace, ya sabe dónde suelen acabar. Y no quiere, no le apetece volver a recorrer ese camino que siempre les lleva a los dos al borde de un precipicio emocional. Hoy es Mario el motivo de que hayan quedado y en eso tienen que centrarse.

—Hola —dice él, sentándose en la silla vacía que hay al lado de Paula—. ¿Has sabido algo más?

—Nada, ¿y tú?

—Algo. Espera.

Javier se levanta para ir a la barra a pedir un café y a ella le entran unas repentinas ganas de estrangularlo por dejarla con la intriga. Su estado de nervios no está para pausas, necesita información y la necesita con urgencia. Por un momento, intenta tranquilizarse, observándole mientras no se da cuenta. Parado frente a la barra, apoyado en los antebrazos mientras aguarda a que la camarera termine de preparar su café, es innegable el atractivo del inspector Muñoz. No ha perdido el encanto con los años, al contrario: se ha incrementado con el paso del tiempo. Por más que intente prohibírselo, a Paula le gusta ahora incluso más que cuando se conocieron.

Era una cría cuando se le ocurrió la estupidez de alquilar un chico para que la acompañase a la boda de su padre —a la cuarta— y Javier apareció al otro lado de la puerta de su casa. Todavía recuerda la conversación telefónica con Mario en la que le engañó, cuando en un momento de inconsciencia le dijo que tenía una cita que le impedía acompañar a sus hermanas a comprarse ropa para el evento. Sonríe al recordar las mentiras encadenadas, la loca idea de su amiga Ana, a quien se le ocurrió que podía alquilar a un chico para la ocasión. Alguien para ese momento, que le ahorraría explicaciones y que desaparecería en cuanto pasara el día. No se imaginaba que ese gesto condicionaría su vida para siempre. No imaginaba lo importante que acabaría siendo para ella Javier Muñoz. Aunque ahora se intente convencer de lo contrario, sigue gustándole tanto como entonces, por más que se diga que tiene que apartarlo de su lado. Con él la palabra tranquilidad no existe. Lleva diez años intentando averiguar por qué los dos siempre acaban estallando cuando están juntos, por qué se enfadan tanto por estupideces si después, cuando logran un momento de calma, está segura de que es a él a quien necesita a su lado. Esa maldita certeza ha hecho que jamás haya sido capaz de mantener una relación estable con otro hombre, porque cuando lo intenta, Javier siempre aparece para recordarle que es a él y no a otro a quien desea. Pero hace tiempo que decidió que él es una vía muerta en su vida y no piensa recaer.

Cuando Javier se da la vuelta, con el café en las manos, Paula recompone el gesto para que no se percate de que le está mirando embobada.

—He logrado averiguar desde dónde se mandó el último mensaje y a quién. Incluso sé lo que decía —le cuenta mientras se sienta a su lado.

—¿Eso es todo? —pregunta ella.

—¿Te parece poco?

—No, por supuesto que no. Perdona, estoy muy nerviosa. Sigue.

—Se envió desde una estación de servicio en Benavente. —Javier rasga el sobrecito de azúcar y deposita su contenido en la taza.

—¿Benavente? ¿Eso no está en Zamora?

—Sí. El mensaje era un «ok» que le envió a un compañero suyo de la universidad, un profesor que todavía está trabajando. Le he llamado y me lo ha confirmado, y también le pregunté si sabía algo más. Solo me ha podido decir que le había pedido que localizase un libro que se había dejado en el despacho al recoger sus cosas. Ya lo tenía, en el último mensaje le decía que se lo guardaba hasta que pudiera recogerlo, y tu padre le contestaba solo con ese «ok».

—¿Pero qué cojones tiene mi padre que hacer en Zamora? —se pregunta en voz alta Paula, aunque más para ella misma que para que Javier conteste.

—Eso no lo sé, esperaba que tú me aclarases algo. ¿Te has fijado si se ha llevado su coche? Es importante saberlo.

—No. Sigue aparcado en el garaje. Otra cosa extraña, si me lo permites, es que esté llamando desde una gasolinera en Benavente si no se ha ido en coche.

—Puede que haya cogido un autobús —razona Javier.

—¿Y se ha parado a echar gasolina? ¡Menuda tontería! —dice Paula, enfadada.

—Quizá hayan parado a tomar algo, los autobuses paran de vez en cuando.

—¿Pero por qué iría a Benavente? No recuerdo que tenga nada que ver con ese pueblo.

—Podría estar de paso, tal vez iba a otro sitio.

—¿Dónde? —pregunta ella.

—¿Castilla y León? ¿Galicia? ¿Asturias? Yo que sé, Paula, lo único que sé es que el lunes a las once de la mañana estaba allí.

—Estaba su teléfono, pero eso no garantiza que él estuviera allí. Si la respuesta ha sido un simple «ok», cualquiera puede haberlo escrito. Imagina que está tirado por ahí, muerto, y alguien ha encontrado su teléfono y se lo ha quedado.

—Paula, no te precipites, no pienses esas cosas. Aún no sabemos nada —dice Javier, intentando que se relaje.

La ve tan abatida que posa su mano sobre la de ella en un gesto que pretende ser de consuelo, pero enseguida se arrepiente y la retira. Piensa que cuanto menos contacto, menos problemas, lo sabe bien. Los dos se miran un instante y ella decide dar por terminado el encuentro antes de que la debilidad que siente, debido a que lleva días sin descansar, le juegue una mala pasada y sus sentimientos hacia él se impongan al sentido común. No le ha hecho gracia sentir de nuevo el latigazo que recorre su espalda cuando Javier la toca. Le va a costar al menos una semana olvidarlo.

—Bueno, menos es nada. Ya tengo por dónde tirar. Gracias.

Paula se levanta y coge el bolso y el abrigo.

—¿Dónde crees que vas? —pregunta él, al verla tan decidida.

—A Zamora, a preguntar a alguien si le ha visto por allí. No me voy a quedar de brazos cruzados.

Javier se asusta. Sabe que es capaz de salir corriendo en ese mismo instante. Paula adora a su padre y lo está pasando mal, pero no le parece una buena idea que se marche. Además, lo más probable es que no consiga encontrar el rastro de Mario y tiene miedo de que se acabe perdiendo ella. En ese instante, no piensa las palabras que salen de su boca, aparecen solas y le sorprenden a él mismo:

—No puedes ir tú sola a Zamora.

—¿Cómo que no? ¡Es mi padre! Tengo que encontrarlo.

—Iremos los dos.

Ella suspira. En su interior, es justo lo que quería oír, que él se preste a acompañarla, pero pesa tanto la posibilidad de que no sea una buena idea que hace que se le escape un gesto entre el fastidio y el alivio. Frente a ella, Javier sonríe porque ha sentido lo mismo.

—Tengo que gestionar unas cosas, pero mañana por la mañana las tendré listas y podremos irnos. Sigue llamando, por si aparece.

—¿Mañana? ¿No puede ser ahora? —pregunta, impaciente.

—Mañana. Además, tendrás que dejar a Valeria con alguien.

—No te preocupes, de ella se ocupa mi madre.

Paula tiene todo controlado, Valeria ha pasado la noche en casa de Eva, su madre, y ella ha cogido unos días libres en el trabajo para tener todo su tiempo disponible. A la niña le ha dicho que se va de vacaciones y que no se la puede llevar porque hay colegio. Valeria ha aceptado de mala gana la idea de quedarse, pero al final ha cedido por Coffee, el pequeño scottish terrier de la abuela, al que adora. De hecho Paula está segura de que si alguien le diera a elegir entre vivir con el perro o con ella, se quedaría con el perro.

—Mañana iremos a buscar a tu padre —le dice Javier.

Se despiden sin cortesías, sin besos, sin abrazos, porque saben por experiencia que es lo mejor, y Javier regresa a la comisaría. Tiene todas las vacaciones pendientes y las va a coger. Quiere disponibilidad plena esos días y se va a ocupar de que no le interrumpan y tenga que volver de imprevisto. No tiene claro que seguir una pista tan endeble sirva de algo, pero no piensa dejarla tirada.

De vuelta a la comisaría, al ver a Miranda, tuerce el gesto. No le va a hacer ninguna gracia cuando le cuente que se marcha con Paula.

Capítulo 2

Nadie encuentra su camino
sin haberse perdido varias veces
Anónimo

Paula está furiosa. No solo porque duda cómo hacer una maleta para un tiempo impreciso, si va a necesitar mucha o poca ropa, sino porque Javier le ha advertido que solo lleve una mochila que tendrá que cargar a la espalda durante el viaje. Van a ir en su moto, tiene que reducir lo que meta en ella a lo imprescindible. Paula no quiere viajar así y no es porque no le guste la experiencia. Le apasionan las motos, pero no la proximidad que supone viajar juntos en una. Tendrá que ir pegada a él todo el tiempo y eso es algo que le gustaría evitar. Desde Madrid hasta Benavente, serán demasiadas horas peleándose con lo que siente cuando se rozan, como para que todavía tenga que sumarle las que necesiten para seguir las pistas que descubran. No está segura de que logre soportar todo el tiempo que tendrán que pasar juntos.

Mientras habla con Javier por teléfono, busca una excusa, un modo de que él desista en el empeño de viajar sobre dos ruedas.

—¿Y si lo encontramos? ¿Cómo vamos a volver con él en la moto?

Lleva el móvil pegado a la oreja, sujeto con el hombro, a la vez que va recogiendo la casa a la carrera.

—Si lo encontramos, Paula, agarras un taxi y te vienes con él, no hay problema, pero iremos mejor en la moto que en un coche. Te mueves con mayor libertad, se aparca mejor y así conduzco yo.

—¿Estás insinuando que conduzco mal? —gruñe ella, al otro lado del teléfono.

—Estoy diciendo que estás demasiado alterada para conducir tanto tiempo y yo no tengo coche.

—Pero yo sí, te dejo el mío —dice, con la esperanza de que acepte, cruzando los dedos aunque sepa que eso no sirve de nada.

—No me gusta conducir un coche, Paula. Vamos en la moto y listo.

Ella sigue un buen rato lanzando un batallón de pretextos, pero él no claudica con facilidad. Al final es ella la que se deja convencer y por eso ahora le espera en la puerta de su casa, con una mochila mediana a la espalda, vestida con vaqueros y unas botas de montaña —las únicas que tiene que no son de tacón—, con el casco en la mano y un rebote monumental. Cuando una moto para en la salida de un garaje, atrayendo toda su atención, suelta un bufido, pero como sabe que no va a servir de nada seguir discutiendo, se acerca decidida y monta detrás.

—Espero que al menos no te dé por hacer el subnormal y correr de más. Te advierto que es la última vez que cedo.

El conductor se gira, se quita el casco y la mira, y entonces la cara de Paula adquiere un tono rojo que refleja su bochorno. No es Javier. Ni siquiera sabe a quién le ha gritado. Es un chico joven que, por supuesto, no era a ella a quien esperaba.

—No suelo correr —le dice, mientras a duras penas se aguanta la carcajada que le ha provocado su pasajera inesperada.

Paula, ruborizada por su despiste, se disculpa veinte veces. Ahora que se fija mejor, ese no es el casco de Javier. Ni siquiera le suena que tenga esa cazadora, pero son tantas las ganas de empezar a buscar a Mario que ha obviado todos los detalles y se ha lanzado hacia el vehículo sin pensar. Al momento, una Suzuki GSR, roja, espectacular, para en doble fila. El conductor se quita el casco y llama la atención de Paula, que ha vuelto al portal sin poder reprimir la vergüenza por su despiste.

—¿Nos vamos?

—¿Cuándo has cambiado de moto? —le pregunta al acercarse, sin contarle, por supuesto, su reciente metedura de pata. Sabe que de hacerlo, se estaría riendo de ella meses. Años, conociéndole como le conoce.

La preciosidad que Javier sujeta está muy lejos del destartalado Vespino que conducía cuando se conocieron. Incluso muy lejos de la Honda azul que tenía la última vez que viajó con él, igualita a la que ha confundido hace pocos minutos.

—La compré hace seis meses.

—Es preciosa.

No ha podido contener el comentario, le gustan las motos tanto como a Javier y esta es una máquina espectacular. Acaricia la suave carrocería con los dedos y se queda unos instantes mirando el espacio trasero del asiento, un poco más elevado que el que ocupa él. Piensa que es mejor así, que haya un mínimo de distancia entre los dos. Y además, de ese modo puede que disfrute el viaje subida a lomos de la máquina de la que se acaba de enamorar.

—Te vas a congelar —le dice él, señalándole que no lleva ropa apropiada para un trayecto tan largo.

—¿Y qué quieres que me ponga? Tengo casco de milagro, hace siglos que no lo uso.

—Vamos a mi casa. Allí está tu mono.

—¿Aún lo tienes? —pregunta ella. Sabe que se lo dejó la última vez que pasó por allí, pero el orgullo le impidió pedirle que se lo devolviera.

—Sí. Vamos a por él. Monta.

Se suben en la moto y arrancan en cuanto ella está lista. Paula lleva cargada su mochila y, bajo el casco, una sonrisa que él no puede ver. Recuerda la primera vez que montaron en moto juntos, cuando él la invitó a conocer su rincón favorito de un parque al que esquiva ir, como esquiva todo lo que le recuerda a Javier Muñoz. Salvo en momentos como este, en el que está pensando que ojalá fueran más capaces de entenderse. Mientras callejean, Paula cierra los ojos. Le gusta la libertad que da ir en moto, cómo la adrenalina recorre su cuerpo, una sensación única que casi había olvidado y que hoy se multiplica por la persona que lleva delante.

Quince minutos después están en el garaje del edificio y, tras subir al cuarto piso en el ascensor, entran en el apartamento de Javier. Él se dirige al armario de la entrada y, cuando vuelve con el traje en la mano, Paula lo coge y le pregunta si puede ir al baño. No necesita que le indique dónde está: conoce bien ese piso y no porque acompañe a Valeria cuando se queda con su padre, sino porque ha pasado algunas de las noches más inolvidables de su vida en él. Dentro del baño, decide colocar su abrigo sobre la prenda de protección, aunque resulte bastante incómodo para moverse. Seguro que así pasará menos frío durante el trayecto hasta Benavente y de todos modos no le cabe en la mochila diminuta que lleva. En casa ha consultado la distancia y calcula que necesitarán al menos tres horas, algo más si deciden parar antes de llegar. Mira por el baño y localiza un coletero amarillo, que deduce que debe de ser de Valeria. Necesita uno para recogerse el pelo cuando se quite el casco y por no abrir la mochila y buscar en su neceser lo coge, ya se lo devolverá cuando vuelva.

—Ya estoy —le dice al salir—. ¡Ni se te ocurra reírte!

—¿Pero te vas a poder mover con toda esa ropa? —comenta él divertido. Tiene un aspecto particular con el abrigo sobre el mono.

—Ni sé cómo he podido abrochar el abrigo sin reventar la cremallera.

—Es mejor que salgamos ya. Así llegaremos antes de comer. Acabo de llamar a la comisaría, por si sabían algo, pero no hay nada nuevo.

—¿Tú crees que lo encontraremos?

—Seguro, no se lo ha podido tragar la tierra. Vamos.

Javier no lo dice convencido, de hecho salir a buscarlo así le parece una estupidez, pero está dispuesto a concedérselo a Paula si de esa manera logra tranquilizarla. Pone la mano en su espalda y la empuja con suavidad hacia afuera. Después de asegurarse de que ha apagado todas las luces y ha echado la llave, montan de nuevo en el ascensor para volver al garaje. Dentro de la reducida cabina, a ella se le escapa un suspiro.

—Estoy nerviosa —le dice, antes de que él saque cualquier otra conclusión.

Cuatro horas más tarde llegan a Benavente. En el municipio al menos hay cuatro gasolineras, pero no tendrán que recorrerlas todas porque Javier sabe desde cuál se utilizó el teléfono por última vez. La tecnología que usamos a diario no deja demasiado margen para la intimidad, pero tiene algo bueno: simplifica mucho las cosas en casos como este, en la desaparición de personas. Mientras el teléfono sigue encendido es bastante sencillo saber por dónde se mueve quien lo lleva encima. No le resultó difícil averiguar las coordenadas desde las que se envió el mensaje, y que lo sitúan en la estación de servicio que está entre la Nacional VI y la A6. Antes de salir de Madrid, Javier localizó la ubicación de la gasolinera y ahora no le cuesta mucho llegar a ella. Se sabe orientar bien aunque no lleve GPS, todo lo contrario que Paula.

Aparcan la moto en la puerta de la tienda-cafetería y entran en el local, que a esa hora está medio vacío. Paula, que va dos pasos por detrás de Javier, se queda mirando el expositor de CD, a la derecha de la puerta, pensando si todavía queda alguien a quien se le ocurra comprar uno. Sobre todo porque los artistas no es que sean muy actuales. ¿Perales? Sacude la cabeza un par de veces y corre un poco para alcanzar al inspector, que se dirige a la barra sin esperarla.

—¿Qué quieres tomar? —le pregunta Javier.

Ella le mira impaciente. No se han desplazado hasta allí a tomar algo. Por el camino ha pensado que no se entretendrían, que en cuanto llegasen bombardearían al primer empleado que encontraran con mil preguntas que les condujeran a localizar a Mario. Quiere sacarse de encima la sensación de inquietud que la invade al no saber dónde está su padre y también acabar el viaje con Javier. Llevan solo una mañana y no puede dejar de pensar en lo larga que se le está haciendo. La idea de empezar pidiendo un café con toda la calma del mundo no le entusiasma, pero se resigna a perder unos minutos más.

—Un café con leche. Por favor, ¿el baño? —pregunta ella al camarero.

—Fuera, a la izquierda. Son unas puertas rojas, pero pida la llave en la caja —dice, señalando al otro extremo del local—. El de señoras lo tenemos cerrado.

—Gracias.

Mientras se va, fulmina a Javier con una mirada que él entiende a la primera, pero no le hace caso. Sabe que es mejor entablar una conversación con el camarero. Prefiere eso, quedarse un rato en la barra aparentando tomar algo y después pasar a las preguntas. Está seguro de que el camarero le contará muchas más cosas si no se entera de que es poli. La gente no actúa de manera natural con la policía. Algunos mienten para darse importancia y otros mienten porque no quieren colaborar. No acreditará su profesión mientras no sea necesario. De momento, adoptarán el papel de una pareja buscando al padre de ella, que se ha perdido.

Mientras Paula está fuera, Javier entabla una charla trivial con el camarero. Del tiempo, que es lo más socorrido. Solo cuando regresa del baño, Javier arranca con la cuestión que ha conducido sus pasos a este pueblo de Zamora.

—Perdone —le dice Javier al camarero—, ¿podría preguntarle algo?

—Pruebe —contesta el hombre, medio en broma.

—¿Usted estaba trabajando aquí el lunes pasado, a eso de las once?

Al camarero le escama la pregunta, pero tampoco es un hombre que le dé muchas vueltas a las cosas y sabe que estaba ahí, como siempre.

—Claro, ¿por qué?

—Verá —dice él—, el padre de mi... de ella, creemos que estuvo aquí la semana pasada, por una llamada que hizo. Le hemos perdido la pista desde entonces y estamos preocupados.

—Por aquí pasa mucha gente —se excusa el camarero—, pero si me dicen qué aspecto tenía, quizá pueda ayudarles.

—Es un señor mayor, de unos setenta años.

—Sesenta y cinco —matiza Paula. Si Mario le hubiera escuchado añadirle cinco años, seguro que no se hubiera librado de una buena bronca.

—Pelo blanco, bastante más de lo que es habitual en esa edad —continúa Javier.

—Lleva barba —añade Paula.

—No sabemos si estaría solo o no, pero el caso es que estamos muy preocupados porque desde entonces no nos contesta al teléfono.

—Si tienen una foto…

Paula ha venido preparada y saca el móvil, donde localiza una fotografía reciente de Mario. La amplía, para que se vea bien, y le deja el teléfono al camarero, que mira la pantalla con cara de concentración durante unos segundos. Antes de contestar, llama al empleado que está en la caja, para que se sume a las pesquisas. Ambos observan la foto más de lo que los nervios de Paula pueden soportar. Cuando se está empezando a plantear que han llegado a un callejón sin salida, el hombre que se ocupa de la caja hace un gesto, dejando ver que recuerda algo.

—¡Sí, estuvo aquí! Compró un montón de Chupa Chups.

—¡Es él! —dice Paula, emocionada—. Dejó de fumar hace unos meses y siempre va cargado con ellos a todas partes.

—Por casualidad no le diría a dónde iba… —pregunta Javier, aun sabiendo que es bastante improbable que tenga una respuesta para eso.

—Me preguntó cuánto se tarda en llegar al lago de Sanabria. Le dije que más o menos una hora, dependiendo del tráfico.

Javier y Paula se miran. Ninguno entiende el motivo por el que Mario pueda haber decidido hacer turismo rural, pero al menos tienen una pista que seguir.

—Muchas gracias, de verdad —dice Javier—. Nos han ayudado mucho. Una pregunta más, si no es molestia.

—Claro que no —contesta el empleado de la estación de servicio.

—¿Sabe si estaba solo?

—Pues eso ya no se lo puedo decir, había mucha gente a esa hora y no, no puse atención.

—Gracias. Nos han sido de gran ayuda.

—Nada, para eso estamos —dice el camarero.

Es pasada la hora de comer cuando salen de la cafetería y Javier sugiere que echen gasolina y busquen un sitio para saciar el apetito antes de continuar. Paula refunfuña, si se entretienen se hará enseguida de noche y ni siquiera sabe dónde la pasarán, pero es cierto que tienen que comer. Llevan más de una semana de desventaja con respecto a Mario, así que, donde sea que esté, seguro que llegan tarde. Acepta que entren en el pueblo y busquen un bar.

Paula sigue impaciente. Es tarde para una comida con sobremesa, así que sugiere que coman tan solo un bocadillo rápido en el primer bar que encuentren y se pongan en marcha cuanto antes.

—¿Por qué no vamos ya al lago? —pregunta ella. Tiene tanta prisa que ya ha engullido el bocadillo de tortilla mientras a Javier todavía le queda la mitad del suyo: lomo con pimientos.

—¿Y le preguntamos a los peces?

—Muy gracioso —contesta ella de mal humor.

—Vamos, Paula, tranquila. Creo que hoy no podemos avanzar mucho más. Quedan como mucho un par de horas para que empiece a anochecer. Hemos tenido suerte de que alguien nos haya dado una pista. No creo que a partir de ahora sea tan sencillo. Cuando lleguemos cerca del lago, buscaremos un lugar donde pasar la noche. Es mejor que nos instalemos en alguna parte y mañana ya empezaremos a dar una vuelta por los alrededores.

—No lo vamos a encontrar.

—¿El lago? Sí, mujer, está en todos los mapas, es muy famoso, no creo que haya problema.

—Tú sigues siendo igual de idiota que hace diez años, ¿verdad? —Le mira como si quisiera asesinarlo, no cree que el tema sea para tomárselo a risa.

—Relájate, además, si sigues tan tensa te acabarás cayendo de la moto, o tirándonos a los dos. Eso sin contar con que me tienes molido, no has colaborado nada para que el trayecto fuera placentero.

—¿Y ahora qué he hecho?

— Durante todo el viaje me parecía que llevaba un palo. Soy yo el que conduce, Paula, no intentes ayudarme porque no iremos más rápido, lo único que vas a conseguir es que nos caigamos.

—Lo voy a intentar, pero estoy muy nerviosa. Sigo llamando y no lo coge.

—Es normal que estés nerviosa, es tu padre.

Paula suspira y se quita un segundo el disfraz de borde que casi siempre lleva puesto cuando está frente a Javier. Es capaz de contener el impulso de retirar la mano de la mesa cuando él le pone la suya encima en un guiño cómplice, incluso está a punto de dejarse llevar y soltar la tensión en forma de lágrimas, pero después se acuerda de que él sería capaz de bromear con ello los siguientes veinte años, así que se aguanta como puede.

Sin embargo, Javier la suelta enseguida, sorprendido. El gesto le podría haber costado un bufido o que le hubiera lanzado el servilletero a la cabeza. La cree capaz. La noche que cortaron su efímero noviazgo adolescente, en medio del rebote que pilló, le quitó las llaves de casa y las tiró en medio de la calle. Un coche las atropelló reventándolas, los padres de Javier no estaban y le tocó llamar a su amigo Ángel para que le dejase quedarse en su casa. A Ángel, la llamada a las cuatro de la mañana no le hizo ninguna gracia, aunque la anécdota de las llaves sí. Ha sido recurrente en sus reuniones en los últimos años, cuando quedan para tomar algo y acaban hablando del pasado. El recuerdo ahora le hace sonreír y ella le mira interrogante, porque no entiende a qué viene poner esa cara, que no combina nada con la suya de preocupación.

—No has cambiado nada —dice Javier.

—¿Te importaría que no hablásemos de mí? Te prometo que estoy dispuesta a intentar relajarme. Por lo menos, mientras vayamos en la moto.

Javier termina el bocadillo y, pocos minutos después, están en la A52, rumbo a Puebla de Sanabria. Apenas una hora después, llegan al pequeño pueblo medieval, cuyo conjunto histórico, remodelado y conservado con mimo, los transporta al pasado. La piedra protagoniza el paisaje en calles y casas, y podrías creer que has viajado en el tiempo de no ser por los coches que se mueven por ella como en cualquier lugar. Por la proximidad al lago, es un destino turístico privilegiado de interior y el municipio cuenta con varios alojamientos coquetos en su haber. El primer paisano al que preguntan les recomienda la Casa del Cura, aunque les advierte también que lleven dinero en la cartera, porque lo que se dice barato no es. Después se fija en la moto de Javier y piensa que quizá el comentario ha estado de más: esa máquina no es de las que cuestan dos duros.

La posada está en una de las calles adyacentes a la plaza, en una cuesta empedrada en la que encuentran aparcamiento sin problema. En la fachada destaca un balcón enrejado y, sobre el enorme dintel de piedra de la puerta de madera maciza, un escudo nobiliario. El estilo rústico del exterior continúa en el interior, aunque bien combinado con elementos modernos y luces tenues que dan al espacio un ambiente lujoso y acogedor a la vez.

—¡Joder con el cura! —dice Javier, incapaz de aguantarse el comentario.

La casona es grande y espaciosa, lo menos parecido a la austera vida que se le supone a un siervo de Dios. Parece un lugar ideal para una estancia romántica, y eso no es lo que quiere Paula. No han ido allí a revivir su pasado, sino a buscar a Mario. De hecho está a punto de sugerirle a Javier que se marchen a buscar otro lugar, pero antes de que le dé tiempo a abrir la boca aparece una mujer de mediana edad que les da con amabilidad las buenas tardes.

—Buenas tardes —contesta Javier, casco en mano, desplegando su mejor sonrisa—. ¿Tienen una habitación para esta noche?

Paula se lo estaba temiendo desde que salieron de Madrid y va a protestar. Ella prefiere dos, una para cada uno, pero se frena. Son adultos y, aunque a veces se comporten como si no hubieran madurado cuando están juntos, se promete de manera silenciosa que va a dejarlo pasar esta vez. El pedir una habitación puede que sea lo más sensato, teniendo en cuenta el lujo del local. Quizá dos dispare el presupuesto demasiado, sobre todo porque no sabe los días que estarán dando vueltas en busca de Mario.

—Sí, claro que tenemos. —Les echa una mirada de los pies a la cabeza antes de volver a preguntar—: ¿Les apetece la suite?

—No, no, no..., una doble normalita —contesta Paula tan rápido que la mujer no puede contener una sonrisa.

—Lo digo porque al ser martes y no tener clientes, la tenemos libre y es preciosa. Seguro que el recuerdo que se llevan es inolvidable.

—Doble, no quiero recuerdos inolvidables, solo quiero un lugar donde poder quitarme el mono, darme una ducha y dormir algo.

—Doble entonces —dice ella.

Les pide los datos y mientras Javier se ocupa de contestar a las preguntas, Paula vuelve a hacer una llamada. Casi no le queda batería. En cada ocasión que ha tenido ha marcado el número de su padre varias veces seguidas, aunque siempre con la misma fría respuesta automática del operador telefónico: «El móvil al que llama está apagado o fuera de cobertura en estos momentos. Por favor, inténtelo de nuevo más tarde». Enfrascada en su particular búsqueda de respuestas, casi no se da cuenta de que ha ido siguiendo los pasos de Javier y de Antonia, la recepcionista, hasta la primera planta. Ella se ha ofrecido a acompañarlos e incluso está haciendo una breve exposición de las bondades de la habitación, a las que Paula no presta ninguna atención. A los pocos minutos se marcha, indicándoles dónde pueden cenar y que el desayuno no lo podrán tomar en ese mismo edificio, sino en otro que está muy cerca. Cuando cierra la puerta, Paula se deja caer en una de las dos camas pegadas que presiden la estancia.

—No sabía que preferías dormir a la derecha —le dice Javier—. Como siempre que he intentado pasar una noche contigo has acabado desapareciendo…

—Tienes claro que esto no es «pasar la noche juntos», ¿verdad? Porque a la primera que no lo tengas claro, bajo y le pido otra habitación.

—Eres tan fácil de cabrear que no puedo dejar de hacerlo.

—Y tú eres tan idiota que no puedo dejar de pensarlo. Quiero una ducha. ¿Te importa que entre yo primero al baño?

—Todo tuyo, yo tengo que hacer una llamada.

Con la mochila al hombro, Paula se encierra en el espacioso aseo. Se quita el abrigo y el mono y los arroja al suelo. Poco a poco van cayendo encima el resto de las prendas, e instantes después entra en la ducha. En el tiempo que pasa bajo el chorro de agua solo piensa en las ganas que tiene de salir corriendo de ahí. No es buena idea que haya aceptado que Javier la acompañe, está agotada y no solo por el viaje. El cansancio tiene más que ver con la tensión que ha ido acumulando, la de no saber qué ha pasado con su padre y la de obligarse a mantener las distancias con Javier. No ha habido ni una vez, en los últimos años, que hayan sido capaces de pasar un tiempo solos sin recordarse lo que fueron y sin acabar de nuevo en dos batallas: una entre las sábanas y otra verbal, justo después, que siempre acaba por alejarlos un poco más. No quiere propiciar que esta vez el guion se repita, porque lo que necesita es su ayuda para localizar a Mario.

Cuando sale del baño, con el pijama puesto y el pelo aún mojado, Javier está terminando una conversación telefónica, de la que ella solo alcanza a escuchar las últimas palabras.

—Te quiero, mi amor.

No oye nada más. Él cuelga y enseguida entra en el baño, pero es suficiente para contribuir a que Paula se encuentre aún peor. Ha sentido una punzada al escucharle, algo que sospecha que son unos celos que no tiene ningún derecho a sentir, pero el caso es que ahí están. Es una constante con Javier, algo que le sucede por más que se lo prohíba a sí misma. La de prohibirse sentir algo por él es una asignatura pendiente en su vida. Sabe que debería pasar página, pero la suya es una historia que no terminaron y la curiosidad, quizá sea eso, es lo que la empuja a volver siempre a cometer el mismo error. En cuanto se relaja y baja la guardia, ambos continúan con ese amor incompleto y extraño que los une con la misma fuerza que los separa.

Se repite que esta vez tiene que ser fuerte, que tiene que vencer a sus propias emociones, aunque la invadan por sorpresa y sin permiso. No puede permitirse sentir lo que siente, así que procura centrarse en otra cosa. Cuando Javier termina su ducha y sale del baño, Paula ya ha puesto la televisión. Está sentada encima de la cama, con las piernas abrazadas y actitud ausente, y ni siquiera se fija en que él no se ha molestado en ponerse la camiseta.

—¿Sabes que nunca te había visto en pijama? —le dice él, mientras se sienta en la cama de al lado. Ante la falta de respuesta, le pasa la mano por delante de la cara hasta que reacciona. Ella sí ha escuchado, aunque quizá no tiene ganas de conversación.

—No seas mentiroso, me has visto —contesta bajito, sin mirarle.

—Creo que no, al menos no lo recuerdo.

Se acomoda de lado en su cama, apoyando la cabeza en una mano, provocando que se marquen los músculos de su torso. Cuando decidió hacer las oposiciones para ingresar en la Policía, empezó a frecuentar un gimnasio. El muchacho desgarbado y flacucho que conoció Paula sufrió una metamorfosis sorprendente. En los últimos años ha seguido con la rutina del ejercicio y eso ha hecho que su atractivo vaya ganando enteros con los años, un atractivo que sin camiseta se multiplica, y al que Paula se empeña en no hacer caso, aunque sea con la torpe estrategia de no mirarlo.

—Me viste en el hospital, cuando nació Valeria —le dice, recordando el día en el que conocieron a su hija.

—No cuenta, no era un pijama. Era esa cosa extraña que te ponen en los hospitales con la que se te acaba viendo el culo.

—¿Qué hacemos hablando de pijamas?

—Una conversación como otra cualquiera, Paula, pero ya que estamos, te prefiero sin él. Es más, no pienso oponerme a que te lo quites, para que estés mucho más cómoda y más relajada esta noche.

—¿Quieres dejarlo? No estoy para tus bromas. ¿Me quieres decir qué hemos avanzado hoy? ¡Nada! Ha pasado otro día más sin saber dónde está mi padre, qué le ha podido pasar. Y tú pensando en quitarme el pijama, eres tonto —gruñe ella.

Le intenta dar con uno de los cojines de la cama, que Javier esquiva haciendo un alarde de reflejos. Ha despertado a la fiera, lo que pretendía desde hace rato.

—¡Vale, vale! Ya me callo. Perdona, pero creía que estabas a punto de ponerte a llorar. Te prefiero cabreada a triste. Y a todo esto, me vas a perdonar que lo mencione, pero ¿por qué te has puesto el pijama? Tenemos que salir a cenar algo.

—No quiero comer, no tengo hambre.

—Pero yo sí y tienes que comer.

—Sal tú, yo me quedo.

Javier no insiste. Cuando Paula se cierra en banda, es lo mejor. Lo único que puede conseguir es otra pelea épica con ella. Por eso no sigue, se viste rápido y sale solo del hotel. Busca el sitio que les recomendó Antonia y se conforma con tomar un pincho y un café. También aprovecha para repasar lo que tienen, que es apenas nada. Saben que el lunes de la semana anterior, Mario estuvo en la estación de servicio de Benavente y que, según les ha contado un empleado, consultó la distancia al lago de Sanabria. A partir de ese momento lo único que pueden hacer es preguntar a ciegas y confiar en que alguien más se acuerde de haberlo visto.

Tiene al agente Escudero trabajando en Madrid para que investigue en su entorno. Al compañero de academia de Javier se le ha ocurrido que podrían mirar el ordenador de Mario. Necesitan la orden judicial para ello, pero para agilizarlo ha llamado a uno de los hermanos gemelos de Paula, Eduardo. Él no necesita una orden para acceder al de su padre.

—El problema ha sido que este tío no tiene ordenador —le dice Escudero a Javier—. ¿Te lo puedes creer? Yo pensaba que no quedaba nadie.

—A lo mejor con el móvil le bastaba —apunta Javier.

—Su hijo me ha dicho que mientras estuvo dando clases usaba el de la facultad y que cuando se jubiló ni quiso oír hablar de comprarse uno. El historial podría habernos sido muy útil. Dejamos muchos rastros a diario en él. Pero no me enrollo más, que mi mujer lleva un rato llamándome para cenar. Te he mandado un correo con un informe con lo que he podido averiguar —dice Escudero, al otro lado del teléfono—. Después de esto me vas a deber un favor, me he saltado algunos trámites legales para poder decirte algo.

—Un día te vas a meter en un lío con tus métodos, Escudero. ¿Qué has hecho?

—Tirar de contactos hasta que llegue la orden judicial. Lo dicho, vete pensando en una compensación.

—Gracias, compañero. Y perdona por la llamada a estas horas, sé que es tarde y ha acabado tu turno —se disculpa el inspector—. Ahora abro el correo desde el móvil.

En el correo electrónico, Javier vuelve a comprobar lo que le ha dicho por teléfono. En los días previos a su desaparición, en la vida de Mario había normalidad absoluta, nada que hiciera sospechar que podría evaporarse. Como le dijo Paula, no tiene tampoco problemas de memoria, así que puede ir descartando que la razón por la que no lo encuentran sea que se haya perdido. Del teléfono, de las llamadas de los últimos días, tampoco obtienen mucho. Están las que hizo a Paula, mensajes a sus otros hijos, alguna más a antiguos compañeros. Nada, en realidad.

El inspector se siente perdido, con la única baza de dar vueltas por la zona como opción, y sabe que eso alterará aún más a Paula. Sospecha que lo que están haciendo es absurdo, que lo más probable es que regresen después de unos días con las manos vacías, pero la vio tan desesperada y decidida a irse que no dudó en acompañarla. No quiere que esté sola.

Sigue leyendo el correo y comprueba que hay un dato que ha llamado la atención de su colega: la semana anterior a su desaparición, Mario sacó seiscientos euros de un cajero. No es una cantidad relevante como para emprender una nueva vida, pero tampoco se puede descartar que estuviera preparando un viaje. Lo que no ha hecho, desde el día de la llamada en Benavente, es volver a usar sus tarjetas de crédito y eso, a Escudero ya sí le parece más extraño. El sábado anterior al día que se le perdió la pista, pagó con una de ellas dos entradas de cine. En sus movimientos bancarios es una operación que ha repetido con frecuencia, pagar con tarjeta, aunque fueran cantidades pequeñas. Que no lo haya hecho en toda la semana anterior es suficiente para tenerlo en cuenta.

Mientras da vueltas con la cuchara al café, que se ha quedado frío, Javier piensa en padre e hija. Mario y Paula son una pareja peculiar. No han vivido juntos apenas —Mario se separó de la madre de Paula cuando ella era muy pequeña—, pero se adoran. Han sabido construir una relación sólida a pesar de los inconvenientes de no compartir casa y por eso es todavía más raro que se ausente así, sin haber avisado de su intención de irse tantos días. A Javier le cae bien Mario y también quiere que aparezca. Es un tipo carismático, siempre lo ha sido, con una vida personal fuera de lo común. No conoce a muchos hombres que se hayan casado tantas veces y conserven excelentes relaciones con sus ex y con el montón de hijos que tiene, otros cuatro además de Paula. Se mira de algún modo en él, porque su relación con Valeria repite el mismo patrón que la que Mario tiene con Paula: son padre e hija, pero jamás han compartido un hogar.

También, en ese tiempo que se toma a solas, Javier piensa en Valeria. Le parece mentira que sea tan mayor ya. Sonríe al recordar a su hija, esa niña que no sabe de dónde saca tanta paciencia para soportar a los padres que le han tocado en suerte. Porque Paula y él no es que se lo pongan fácil.

Mientras apura el café, recuerda el día en el que Paula le contó que estaba embarazada. No tenían una relación en esos momentos. Salvo los primeros seis meses, cuando estuvieron saliendo de manera formal, jamás han logrado estar juntos más de media docena de días seguidos, pero no tuvo ninguna duda de que ella le estaba diciendo la verdad y que el bebé que esperaba era suyo. Se reconoce a sí mismo que pensó que quizá eso facilitaría un punto de entendimiento, que supondría una tregua y así lograrían encontrar la manera de construir una familia, pero tampoco funcionó. Cuidar de Valeria quizá es lo único que siempre han sabido hacer bien juntos, donde siempre están de acuerdo en todo.

Javier mira el vaso de café de nuevo y decide que es el momento de volver al hotel, caminando por las solitarias calles de Puebla de Sanabria. Al salir del bar se ajusta la cazadora. Hace más frío que en Madrid y, aunque esté terminando la primavera, aquí parece todavía invierno. No es momento para paseos, así que apura el paso por las calles empedradas y solitarias a esa hora y, tras unos minutos, entra en la habitación.

Paula duerme.

Capítulo 3

El valor espera; el miedo sale a buscar
José Bergamín

Poco a poco, Javier sale del sueño y se deshace del sopor que no le permite saber dónde está. Tarda unos segundos en recordarlo, quizá porque las horas dormidas no le han servido para descansar lo necesario. El café tardío provocó que le costase dormir. Eran más de las tres la última vez que miró la hora y la factura del cansancio aún pide a gritos ser saldada. Se da la vuelta, escondiendo la cabeza bajo la almohada, esquivando la luminosidad que entra por la ventana, y es entonces cuando se percata de que Paula no está. Ha recogido todas sus cosas, ni siquiera ve su mochila o el abrigo. Se sienta, inquieto, pero enseguida se da cuenta de que la puerta del baño está cerrada y se oyen ruidos en él, los que ahora deduce que son la causa de que haya despertado. Es Paula, que no puede esperar para que continúen con lo que les ha llevado hasta ese rincón de Zamora y lleva un rato lanzando indirectas sonoras. Abre el grifo. Tira de manera recurrente de la cisterna. Deja sin cuidado el vaso que hay en el lavabo para enjuagarse la boca. Incluso, un par de veces, se le cae el cepillo del pelo.

Hay personas a las que se les da bien decir las cosas sin palabras.

Mucho más tranquilo, Javier estira los músculos y se vuelve a tumbar en la cama y, para cuando ella sale del baño, pertrechada con el mono, está mirando el reloj. No tiene ni idea de la hora. Antes de que le dé tiempo a averiguarla, ella le advierte que no es temprano.

—Son más de las diez —dice Paula, parada de pie a su lado—. Duermes como un lirón y roncas aún más.

—Tú también roncas, preciosa —contesta él, siguiendo el juego de la provocación, que este día ha madrugado.

—Veo que arrancamos los dos con cumplidos; va a ser otro día entretenido —comenta—. ¿Piensas vestirte o vas a salir así?

—¿Te gusta lo que ves?

Javier pone las manos detrás de la cabeza y se acomoda tan tranquilo, dejando a la vista su musculatura y, de paso, un tatuaje en el hombro derecho. Es una pequeña pieza de puzle, tan pequeña que el día anterior ni siquiera llamó la atención de Paula.

—¿Cuándo te has hecho eso? —le pregunta, señalando el dibujo.

—¿Esto? Lleva mucho aquí. ¿Quieres saber lo que significa?

Claro que quiere, siempre ha querido saberlo todo

de él, pero prefiere quedarse con la curiosidad si con ello consigue que salgan antes de la habitación.

—No. Toma. —Le lanza la camiseta, que está en una silla al lado de la cama, con intención de que espabile.

—Ya voy, deja que me despierte del todo. No perderemos ningún tren —dice, mientras empieza a ponérsela.

—¿Cómo puedes tener tanta calma?

—Quizá porque no sirve de nada estar nervioso, no ayuda. Ayer supe algo más, pero estabas dormida cuando llegué y no pude contártelo.

—¿Por qué no me despertaste? —le pregunta abatida.

Paula piensa que a estas alturas Javier debería saber que cada minuto que pasa sin noticias de su padre va poniéndose más nerviosa. Quizá no hubiera pasado nada porque le dijera algo por la noche.

—Pensé que necesitabas descansar y te lo puedo contar ahora. No me pareció buena idea.

Para esa respuesta no está preparada, así que opta por callarse. Lleva toda la razón, necesitaba dormir. Seguro que si Javier se hubiera apresurado a contarle lo que averiguó, despertándola, se hubiera desvelado.

—Perdona.

—¿He escuchado bien o sigo dormido? ¿Tú pidiendo perdón?

Ante las preguntas de Javier, Paula se mete las manos en los bolsillos y aprieta los puños hasta casi hacerse daño. Se aguanta como puede las ganas de mandarle a la mierda y le pide, sin impertinencias, que continúe.

—Tu padre no hizo nada anormal durante las últimas semanas.

—¡Joder, eso también lo sé yo! ¡Ya te lo dije! Yo solita había llegado a esa conclusión antes de salir de Madrid.

Al final, producto del estrés que acumula, a Paula se le acaba la poca paciencia que tiene y explota. Javier espera un poco a que se tranquilice y entonces le cuenta lo que averiguó Escudero.

—Han revisado sus llamadas y no hay ninguna extraña. Lo que sí hizo fue sacar de un cajero seiscientos euros unos días antes de desaparecer. ¿Eso es normal en él? ¿Sabes si suele llevar tanto dinero encima o si tenía que pagar algo en efectivo?

Paula se sienta en el borde de la cama, pensativa. No es mucho, aunque tampoco una cantidad sensata para llevar en el bolsillo, y tampoco tiene constancia de que Mario tuviera alguna factura pendiente que pudiera justificar el que sacase ese dinero de la cuenta.

—No lo creo. Sus recibos normales están domiciliados y solo se me ocurre que necesitara semejante cantidad para pagar una avería del coche. Pero está en el garaje, como te dije, y no comentó nada de que estuviera estropeado. ¿Ha utilizado después las tarjetas?

—No, ni una vez más. Seiscientos euros no dan para empezar una nueva vida, ¿no crees?

—Sí, eso es verdad.

—Estarán atentos a los movimientos de sus cuentas, por si vuelve a acercarse a un cajero o paga algo. Eso nos diría dónde está.

—¿Algo más? —pregunta, esperanzada.

—No, de momento eso es todo.

—Bueno. Te espero abajo.

Paula coge la mochila y sale de la habitación, controlándose para no dar un portazo. Está enfadada, mucho, pero no es con Javier sino con la situación. Todo lo que necesita es respirar sin esforzarse, algo que se le resiste desde que empezó a ser consciente de que Mario había desaparecido, y nada de lo que averiguan le sirve para lograr ese alivio. Al contrario, cada vez la sumerge más en la incertidumbre, multiplica las dudas que a estas alturas se han hecho dueñas absolutas de su ánimo.

Mientras baja las escaleras del hotel, piensa en lo poco que está sirviendo que Javier la acompañe. Si estuviera sola, ya haría horas que habría dejado el hotel. Lleva despierta desde las seis, dándole vueltas a las conversaciones que tuvo en los últimos días con su padre, intentando averiguar si algo se le pasó por alto, pero no encuentra nada. Lo único que consigue es ponerse cada vez más nerviosa. Ya son muchos días sin noticias, aunque los primeros ni siquiera fuese consciente de que Mario se había ido.

En la recepción, camina de un lado a otro, hasta que aparece Antonia.

—¿Habéis descansado bien? —le pregunta. Es una mujer muy agradable que sonríe hasta con la mirada.

—Sí, gracias. Mientras baja mi… Mientras baja él, ¿podría darme la factura?

—Claro, espera que enciendo el ordenador.

Todo el mundo se mueve a cámara lenta ese día, incluso el ordenador de Antonia, que hace unos ruidos al iniciarse que recuerdan a un viejo gigante desperezándose. Mientras la mujer espera con paciencia,

Paula ya ha sacado la cartera, la tarjeta de crédito, el DNI y da golpes con él de canto en el mostrador, sin percatarse de lo molesto que resulta el gesto.

—¿Te pasa algo? —pregunta la mujer, preocupada porque sospecha que eso de que ha descansado bien debe de ser mentira. Paula, además del nerviosismo, luce unas ojeras evidentes y ni siquiera se ha molestado en maquillarse.

—No… —empieza a decir, pero cambia de idea—. Sí, sí me pasa. No estamos aquí de vacaciones, estamos buscando a mi padre que ha desaparecido.

Lo suelta porque tiene ganas de empezar a preguntar, no porque tenga ninguna esperanza de que ella sepa algo de Mario. Quiere sentir que está ahí por algo.

—¡Cuánto lo siento! —dice ella—. ¿Qué ha pasado?

—En teoría, nada. Hace días que no sabemos nada de él. Estamos aquí porque es la última pista que hemos conseguido de su paradero. La última y la única.

—¿Ha estado en este hotel? Si me dices cómo es, quizá pueda ayudarte.

—No, en este hotel en concreto no, al menos que sepamos, pero sí por los alrededores. Preguntó cómo se llega al lago de Sanabria, es ahí donde vamos ahora. Aunque ni siquiera sabemos por dónde empezar, no conocemos la zona.

—Espera.

Busca en uno de los cajones y extrae un mapa turístico del Parque Natural del Lago de Sanabria. Lo despliega en el mostrador y agarra un bolígrafo con el que anotar en él los lugares que cree que pueden servirles de ayuda.

—Aquí hay tres campings, ¿ves? —dice, rodeándolos con tinta azul—. En Ribadelago Nuevo hay un hostal y un hotel. En San Martín de Castañeda hay otros dos alojamientos. En Vigo hay casas rurales y cabañas…

—¿Vigo?

—Vigo de Zamora, no de Pontevedra. Preguntad, aunque tenéis para un buen rato —dice, mientras sigue llenando de círculos el mapa—. Si ha venido al lago, lo normal es que se haya alojado en alguno de ellos.

El mapa es un caos de círculos de tinta, pero al menos tienen una orientación para esa mañana. Se alegra de haberle preguntado a la mujer. Mientras le paga la habitación, ella sigue hablando.

—Te voy a dar una tarjeta —le dice—. Me quedo preocupada, hija. Yo también luciría esas ojeras que tienes si mi padre se hubiera perdido. Por cierto, dime cómo es. Mira que si estamos hablando de buscarlo y ha pasado por aquí…

—Pues también es verdad.

Saca el móvil y le enseña no una, sino todas las fotos de Mario que guarda. Antonia no recuerda a nadie con sus rasgos entre los clientes de los últimos días. Y es una pena, no solo porque no le va a servir de ayuda.

—Es muy guapo —le dice, y Paula no sabe si es para tranquilizarla un poco o porque lo piensa de verdad, porque lo cierto es que Mario es muy atractivo.

—La llamaré por si aparece por aquí. Si no le importa, le voy a dejar también mi número.

—Buena idea, estaré atenta.

—¿Necesita también que le deje una fotografía?

—Creo que no. Me he quedado con su cara, soy buena fisonomista.

—Gracias por la ayuda.

—Espero que no sea nada, que enseguida sepáis de él.

En ese momento Javier aparece y Paula le insta a que salgan. Se tomarán un café rápido en un bar próximo, mientras estudian el mapa para ver qué lugar de los que Antonia le ha indicado es el que queda más cerca desde allí.

Abandonan el pueblo por la ZA-104, una carretera estrecha de dos carriles, bien asfaltada y rodeada de exuberante vegetación. El lugar es perfecto para recorrerlo en una mañana despejada como esta, dando un paseo con la moto. Hay muchas curvas, cruces, caminos a los lados y van encontrando ciclistas que aprovechan los rayos de sol matinal, así que Javier se lo toma con tranquilidad, sin apretar demasiado el acelerador de la potente máquina que maneja. Paula, después de la advertencia de ayer, también va más relajada en la moto y hasta disfruta de la media hora a lomos de la Suzuki. En cambio, Javier no sabe qué es mejor, si la Paula no colaboradora o esta que se ha aferrado a su cintura y que mantiene el cuerpo pegado al suyo. Intenta poner todos los sentidos en la carretera, pero no es inmune a las sensaciones que le provoca tenerla tan cerca. Cada vez que llega una curva y ella aprieta los brazos de forma inconsciente, él teme perder la concentración y que acaben rodando por el suelo. Por más que trata de no pensar, de imaginar que no es ella, le cuesta.

Al llegar a la rotonda, toman el camino que continúa hacia Ribadelago, dejando a un lado el desvío que conduce a San Martín de Castañeda. Hay menos alojamientos en esta dirección y han pensado empezar por allí; quizá les dé tiempo a darse una vuelta por todos ellos antes del mediodía y dejar peinada la zona. Un par de minutos después, estacionan frente al primero de los campings señalados en el mapa, a la derecha de la carretera.

—Vamos a buscar al encargado —dice él, nada más quitarse el casco. Lleva el pelo alborotado y a Paula le sale un tic maternal y se lo acomoda. El gesto cariñoso provoca que Javier alce las cejas de manera inconsciente.

—Tendremos que estar presentables —le dice a modo de disculpa cuando detecta su extrañeza. Ella se pone el coletero, recogiéndose el pelo que se le ha quedado aplastado debajo del casco.

—Deja que yo le pregunte, Paula.

—No sé si es buena idea, al final, acabo siendo yo la que consigue alguna pista que nos diga por dónde seguir.

—¿Nunca vas a confiar en mí?

Paula enmudece. Claro que quiere hacerlo, pero a la mínima se mantiene a la defensiva con él, incapaz de lograr una tregua de cordialidad. Suspira, tratando de relajarse y asiente, sin añadir nada más. No es momento para ponerse más borde.

El encargado no está en la recepción del camping;

durante las mañanas se dedica a labores de manteni-
miento y tienen que esperar un rato hasta que aparece. Cuando lo hace, se encuentran con un hombre de
su edad. Se llama Lorenzo y conoce la zona palmo a
palmo porque nació en Porto, un pequeño municipio
que hace frontera con Orense y León, y que no se encuentra lejos del lago. Ha pasado toda su vida en estos parajes. Tras escuchar las razones por las que han
llegado hasta allí y la batería de datos que despliegan
acerca de Mario, les indica que no puede ayudarlos.

—Me acordaría de él si hubiera estado aquí —les
dice convencido—, pero no es el caso. Este hombre
no ha pasado por el camping, aunque puedo mirar los
registros por si me equivoco.

—¿Le importa? —pregunta inquieta Paula.

—Claro que no, esperen un momento.

Se mete en la oficina y allí permanece un rato, con-
sultando el libro de viajeros y las fichas que rellenan
cuando alguien se registra. Si alguien mayor de dieci-
séis años se aloja en el camping, tiene que firmar un
parte de entrada. Es un dato en el que Javier no había
caído y quizá no necesiten ir preguntando de uno en
uno en todos los lugares de hospedaje. Lorenzo sale
al rato.

—Nada, aquí no se ha alojado nadie con ese nombre —dice.

—Muchas gracias, nos ha sido de más ayuda de la
que cree —contesta Javier, aunque Paula, ajena a sus
pensamientos, no entiende por qué lo dice.

—Me anoto el nombre por si viniera en estos días.
¿Cómo me comunico con ustedes si lo hace? ¿O le
digo que le están buscando?

—Deme algo donde apuntarle mi teléfono. Si sabe algo, no dude en llamarme, se lo agradeceremos mucho —dice Javier.

Cuando dejan el camping, ella está ansiosa por saber a qué se refería Javier con su rotunda afirmación de que Lorenzo les ha ayudado mucho. No lo entiende, no ha aportado nada nuevo y siguen anclados en el mismo punto en el que llevan días. Le pregunta, impaciente, por qué lo ha dicho, antes de que se monten de nuevo en la Suzuki.

—Vamos a Ribadelago. Tengo que llamar a la comisaría y aquí tengo poca cobertura en mi móvil. Creo que no es necesario que preguntemos en todos los campings y hoteles. Se me había olvidado que es obligatorio que los establecimientos informen a la Policía o a la Guardia Civil de quiénes se alojan en ellos. Ni siquiera sé cómo no me di cuenta ayer, cuando nosotros mismos rellenamos las fichas en el hotel de Puebla de Sanabria. Voy a llamar a Escudero para decírselo y seguro que nos ahorramos dar vueltas.

—¿Cómo no se te ha ocurrido antes?

—¿Quizá porque no me dedico a personas desaparecidas? Lo sabía, pero no lo he recordado hasta que ha dicho que iba a mirar el libro de viajeros.

—Está bien. Vamos a ese pueblo. Yo tampoco tengo cobertura y quiero hablar con Valeria en cuanto regrese de clase. Ayer a última hora no pudimos hacerlo. Ya estaba dormida cuando llamé y solo pude enviarle un mensaje. Esta mañana ni siquiera la he llamado. Mi madre dice que soy una pesada con la niña, que la deje tranquila si no quiero acabar preocupándola.

—Lleva razón, Paula. Ella cree que estás de vacaciones, es mejor que no la llames a todas horas. Valeria está bien —le dice él—. Anoche hablé con ella cuando te estabas duchando.

No sabe dónde meterse cuando le escucha. La punzada de celos que sintió la noche anterior no se le ha olvidado y ahora, al recuerdo, le suma el ridículo que siente por ellos. Supuso que Javier hablaba con una mujer y ni siquiera pensó en su hija. Traga saliva y se alegra de que los pensamientos no se puedan escuchar, porque la harían quedar muy mal. Pondrían en primer plano a la Paula celosa e insegura que ha querido dejar en Madrid, lejos de este viaje que tiene un objetivo claro, uno que está muy lejos de ellos dos.

Poco antes de llegar al pueblo se detienen en un chiringuito que está a un lado de la carretera. El lago queda justo enfrente y, en la orilla, una pequeña playa fluvial, desierta en esos momentos, hace las delicias de los bañistas que se acercan hasta ella en verano. Ya que están allí, Javier quiere ver de cerca el lago de origen glaciar y disfrutar de esos momentos de sol. Se siente más tranquilo, sospecha que en cuanto contacte con la comisaría tardarán muy poco en devolverle un informe que le dirá si Mario ha pernoctado por la zona, pero no le ocurre lo mismo a Paula. Ella, frente a la playa, saca el móvil para comprobar si tiene cobertura y al descubrir que así es, le insta a que llame sin demora.

—Es lo que voy a hacer, impaciente.

—Yo voy a volver a intentarlo de nuevo con su teléfono —le dice ella.

Javier sabe que Paula no está bien y, aunque ha pensado que sería bueno obligarla a limitar las llamadas a su padre, no lo hace. Si eso la tranquiliza, que lo haga. Por su parte, llama a Madrid. Con el móvil en la oreja se aparta, caminando por la orilla.

Paula se queda mirando el lago, sentada en una de las piedras que delimitan el perímetro de la carretera, rindiéndose a la evidencia de que Mario tampoco va a contestar hoy. Guarda el teléfono en el bolsillo y se descuelga la mochila, que coloca a sus pies. Su cabeza es un hervidero de hipótesis a cual más macabra. Mario muerto en cualquier cuneta. Mario secuestrado, aunque no se le ocurre por quién, y eso a estas alturas es una tontería, porque hubieran llamado pidiendo un rescate. Mario ahogado, sumergido en las tranquilas aguas del lago glaciar. Mario inconsciente en un hospital, tras haber tenido un accidente... En ese punto se altera. ¿Habrán preguntado en los hospitales? Tiene que decírselo para que busquen también entre los pacientes de todos los de la zona. Su cuerpo salta de la piedra con forma de prisma, impulsado por un resorte imaginario, tropieza y se cae de cabeza de manera muy aparatosa. Se siente idiota y torpe, y maldice en voz alta, mientras se saca los restos de arena de la boca y la nariz, al dichoso mono que lleva bajo el abrigo, que no deja que se mueva con libertad. Además, como no hace demasiado frío, se está asando. Si es que Javier es cabezota, tenía que haber sido más enérgica y haberle insistido en que vinieran en su coche.

Se levanta, sacudiéndose la ropa, y va al encuentro de él, que sigue amarrado al teléfono. Tarda solo unos segundos en despedirse.

—Me han dicho que ya están en ello. A Escudero no se le había pasado.

—¿Cuánto van a tardar?

—No lo sé, no es necesario llevar las fichas a diario al cuartel o la comisaría. En toda esta zona hay muchos alojamientos y además, aunque es obligatorio que se registre a todo el mundo, algunos sitios se lo saltan y solo lo hacen con una de las personas.

—Entonces deberíamos seguir preguntando nosotros, por si acaso.

—No te preocupes, lo haremos —dice él, conciliador.

—He estado pensando en que se nos ha olvidado preguntar en los hospitales, por si hubiera tenido un accidente.

—Es lo primero que hicimos cuando pusiste la denuncia. Paula, tranquila. No ingresó en ningún hospital. De todos modos, cuando supimos que había llamado desde Zamora, mandé que volvieran a comprobarlo aquí, así como todos los accidentes de tráfico de la zona. No ha habido ninguno de importancia en estos días.

Ella respira un poco más aliviada, aunque sigue pesando la posibilidad de que tuviera un accidente y no lo hayan encontrado.

—¿Y si se le ocurrió hacer una ruta andando, se perdió, está tirado por ahí…?

—Preguntaremos por las rutas a pie y si te quedas más tranquila las haremos todas.

—¿Y si se dio un baño en el lago y se ahogó? ¿No deberíamos buscarlo también ahí?

—¿Y si…? ¿Y si…? Paula, hasta que no haya evidencias de que ha estado por la zona, eso no se puede hacer. ¿Te imaginas lo que cuesta movilizar a los servicios de rescate? Nadie en su sano juicio atendería esa petición a menos que haya una mínima sospecha de que podría estar ahí. Y no la hay, no ha habido ningún accidente, no ha caído un coche al lago ni nadie ha presenciado que una persona estuviera en dificultades mientras se bañaba. No nos harían ni caso.

La ve tan angustiada por la ausencia de caminos que recorrer, que no duda en agarrarla de un brazo y con suavidad la atrae hacia su cuerpo, cubriéndola con un abrazo. Están así mucho tiempo, varios minutos en los que Paula se rompe. Ha contenido las lágrimas desde que salieron, incluso cuando se quedó a solas en el hotel, pero ya no puede más. La tensión que acumula tiene que salir por algún lado y se deja llevar. Javier la sostiene, meciéndola como si fuera una niña pequeña, brindándole el apoyo que necesita en esos momentos y ella se deja. Lo necesita y necesita que sea él quien la consuele. Suelta la mochila, que hasta ese momento llevaba sujeta en una mano, y se abraza al padre de su hija, a ese chico que conoció hace un montón de años cuando se le ocurrió alquilarlo y del que se enamoró mientras bailaban, mientras compartían otro momento de proximidad como este. El suave movimiento de sus cuerpos ha empujado su memoria al pasado y recuerda con nitidez aquellos momentos. Recuerda lo que sintió y sabe que no está muerto, que es algo que solo duerme y que se despierta en cuanto se permite una debilidad. Justo como la que ahora se está concediendo. Sabe además que, si no quiere volver al principio y volver a estropearlo como siempre, debería soltarlo ya. Pero no lo hace.

Hoy no puede.

Cuando se tranquiliza, ambos se separan, aunque Javier sigue con las manos apoyadas en los hombros de Paula. Quiere que le mire a los ojos y, aunque le da un poco de miedo que explote en alguno de sus arranques de mal humor, se arriesga. Enseguida se da cuenta de que hoy no tiene el día para ironías ni sarcasmos, así que decide que él tampoco va a hacer nada para provocarla. Mirándose, sellan una tregua silenciosa que espera que dure al menos todo el día.

—Vamos a Ribadelago. Buscaremos un sitio donde comer y, si quieres, le preguntaremos a todo el que nos encontremos, si así te sientes mejor.

—¿No te importa? —pregunta, todavía con los restos de las lágrimas en sus mejillas.

—No, venga, vamos.

Javier dispersa las lágrimas de Paula con los pulgares, mientras sujeta con suavidad su cabeza. No dejan de mirarse, comprendiendo ambos que es mejor así, que no se enzarcen en peleas tontas que no les van a ayudar a encontrar a Mario. Para invitarla a volver a la moto, decide cubrir sus hombros con un brazo y la obliga de manera suave a reconducir sus pasos hacia la carretera. Ella, rendida por el cansancio que supone estar tantos días en alerta, apoya la cabeza en él y ni siquiera hace un comentario cuando nota un suave beso en la cabeza. Incluso se permite extender el brazo y agarrarle por la cintura, incrementando la intimidad entre los dos. Pero no llevan ni media docena de pasos andados, cuando le suelta dando un brinco. Javier se lo temía, era demasiado bonito para ser cierto o para durar.

—Me he dejado la mochila —dice de pronto, y sale corriendo a buscarla.

La disculpa dibuja una sonrisa en Javier, que por un momento se ha temido lo peor. Sin embargo, cuando ella regresa de recogerla, no reúne el valor suficiente para volver a abrazarla y continúan andando, uno al lado del otro, hasta la moto. Tardan poco en acomodarse en ella, lo justo para que él se ponga el casco y Paula se quite la coleta, se coloque el suyo y se cuelgue la mochila. La GSR ruge cuando Javier aprieta el acelerador y enfilan hacia Ribadelago.

Durante el camino, las tranquilas aguas de la laguna reflejan el cielo azul que preside el día y les sirven de compañía durante un tramo. Paula apoya la cabeza en la espalda de Javier y esta vez se agarra sin precauciones a su cintura. Mantiene sus ojos fijos en el lago, que a intervalos se deja ver entre las ramas de los árboles que crecen a la orilla de la carretera. Los funestos pensamientos de hace un rato siguen danzando por su cabeza, pero el haberse permitido llorar ha aliviado en gran medida la tensión que sentía.

Ribadelago Nuevo es un pequeño pueblo al que la carretera atraviesa de lado a lado. Les sorprende lo atípico de la construcción, casas encaladas que desentonan con el resto de la zona, como si un trocito del sur de España se hubiera trasladado a esta zona de

Sanabria. Y en parte, así es, porque el pueblo nuevo surgió después de la tragedia que asoló la zona a finales de los cincuenta, cuando reventó la presa Vega del Tera en plena noche, llevándose por delante la vida de casi ciento cincuenta personas y al pequeño pueblo sanabrés, que tuvo la desgracia de encontrarse en el camino de los ocho millones de metros cúbicos de agua embalsada que llegaron en unos minutos. Las autoridades de la época reconstruyeron el pueblo sin atender a su identidad y aún hoy se pueden observar las diferencias enormes con el entorno.

Al lado de la carretera hay un par de hostales y algunos restaurantes, donde más tarde podrán comer. E indagar, que es lo que Paula necesita. Dejan la moto en el aparcamiento, en el que hay tan solo tres coches en batería, y entran en el que está más cerca.

Javier no se entretiene y enseguida empieza a preguntar por Mario, pero nadie lo ha visto por la zona. Entran en el restaurante que está enfrente y después siguen por la heladería, pero los resultados son idénticos. A nadie le suena que ese señor haya estado allí. Se miran, desanimados y resignados, y al final deciden pedir una mesa en el primer restaurante. El sitio es agradable, sin lujos, y está tranquilo, lo que les permite hablar con calma.

—Cuando terminemos aquí, si seguimos sin pistas, no tendremos más remedio que volver a casa —dice ella—. Quizá no ha sido buena idea salir a buscarlo.

—Lo es, Paula. Si te hubieras quedado en Madrid estarías aún más nerviosa, preguntándote si podrías estar haciendo algo. Y apuesto a que volviéndome loco a llamadas.

—Pero empiezo a pensar que no vamos a averiguar nada, es como si se lo hubiera tragado la tierra y ni siquiera estamos seguros de que haya estado aquí.

—¿Piensas que el cajero de la gasolinera se pudo equivocar? —le pregunta, mientras bebe un poco del refresco que ha pedido.

—No, a lo mejor sí era él, pero pienso que quizá preguntó por preguntar y en realidad iba a otro lado. Imagina que fuera así, estaríamos haciendo el tonto.

—Bueno, solo llevamos un día fuera de casa, es pronto para rendirse, ¿no crees?

—No lo sé —dice ella, mirando por la ventana—. Ya no sé qué pensar.

El teléfono de Javier suena justo cuando el camarero pone encima de la mesa el primer plato. Al ver la pantalla, duda un instante, no sabe si descolgar, pero un gesto de ella le dice que lo haga, pensando que pueden ser sus compañeros, que tienen noticias. Pero Javier sabe que no se trata de ellos.

—¿Diga?

Escucha un instante y se levanta de la mesa, haciéndole un gesto a Paula que le indica que va a salir fuera a contestar la llamada.

Allí, sola en el comedor, ella remueve la guarnición con el tenedor. No le apetece nada la carne que reposa en su plato, pero tiene que obligarse a comer. Desde que se levantó no lleva nada más que un café en el cuerpo y tampoco cenó la noche anterior. No es cuestión de que le dé un mareo encima de la moto y se caiga, complicando aún más las cosas, así que tendrá que comer algo.

En la puerta del restaurante, Javier atiende al teléfono. Es una llamada desde la comisaría, pero no se trata de ninguno de sus compañeros. Es Miranda.

—¿Tardarás mucho en volver? —le vuelve a preguntar cuando ya llevan hablando unos minutos, con un tono que no oculta su enfado.

—Ya te he dicho que me voy a quedar el tiempo que haga falta. No quiero que ella esté sola en esto.

—Has puesto a gente a investigar y no es asunto tuyo, debería bastar con eso, Javier. No sé por qué tienes que acompañarla tú.

—Es la madre de mi hija —repite con cansancio—. Y Mario es una persona a la que aprecio. Es personal, aunque a ti no te lo parezca.

—No es que no me lo parezca, es que creo que es su problema, no el tuyo.

—Vamos a dejarlo o acabaremos discutiendo. Te llamo luego —le dice, intentando cortar la conversación antes de que se le vaya de las manos. Antes de que le dé tiempo, Miranda pregunta:

—¿Ya te has acostado con ella?

Parece que no ha acabado con los reproches.

—No, no me he acostado con ella.

—No te creo.

Javier se aparta el teléfono de la oreja desconcertado, tanto por el ataque de celos de Miranda como por algo que acaba de descubrir. Miranda es consciente de lo que sucede entre Paula y él en cuanto se ven, porque él mismo se lo contó hace tiempo. Pero hay algo nuevo. Han pasado una noche juntos en la misma habitación de hotel, a solas, y no ha sucedido nada. Es la primera vez que el guion de sus encuentros ha dado un giro y eso, el percatarse de que su comportamiento ha sido el que se espera de dos adultos que no tienen una relación, no está seguro de que le guste lo que significa. Quizá la última vez que se besaron hace un año fue la última de verdad, no una pausa como había sucedido hasta ese momento. El pensamiento le descoloca y llega con una certeza que descubre que le duele mucho más que los reproches de la que es ahora su pareja.

—Hablamos en otro momento —le dice. Y cuelga, antes de darle opción a que siga despertando pensamientos que le inquietan.

No quiere indagar más en el malestar que se ha instalado en su pecho, así que marca otro número que le pone en contacto con Escudero. Necesita ocupar la mente con otra cosa antes de que la conversación con Miranda y lo que ha descubierto dentro de sí mismo le amarguen el día. Para cuando regresa a la mesa, Paula casi ha terminado con el filete.

—Era una llamada personal, pero después he vuelto a llamar a comisaría. Sin novedades.

Resume la media hora que ha pasado fuera en poco más de una docena de palabras que no aportan nada nuevo.

—Gracias —le dice Paula, y continúa con un discurso que es más bien un soliloquio con el que intenta poner orden en su cabeza—. Por más que pienso por qué se ha marchado sin decir nada, no me entra en la cabeza. Mi padre se iba a la esquina a comprar tabaco y me lo contaba, cuando salía un fin de semana se pasaba el día mandándome mensajes. No es normal este silencio.

—¿Siempre te llamaba?

—Desde que se jubiló, sí. De hecho le he mandado un montón de veces a freír monas porque me interrumpía en el trabajo a cada rato, pero a pesar de todo él seguía.

—Quizá la última vez fuiste más enérgica, sabes cómo mandar a la mierda a alguien cuando te lo propones. Y no eres nada sutil, si me lo permites.

Una pequeña sonrisa se abre paso entre la tristeza que siente Paula. Cierra un instante los ojos y al volver a abrirlos se encuentra con los de Javier. No está enfadado, de hecho se está riendo también aunque no haya soltado una carcajada. Son tantas las veces que han discutido, tantos los «vete a la mierda» que han intercambiado que ha llegado un momento en el que la frase entre los dos ha perdido su verdadero significado. Es más bien un «déjame en paz un rato, pero no te vayas muy lejos».

—Tengo que aprender a controlar mi genio, lo sé —reconoce.

—Sí, ya va siendo hora, te haces mayor.

—¡Oye! —gruñe.

—¿Qué pasa? Yo también y estoy tan orgulloso de mis canas.

—No tienes canas, mentiroso.

—¿Ah, no? ¿Y esto qué es? —pregunta, señalando las cuatro que empiezan a buscar acomodo en las patillas.

—Unos cuantos cabellos blancos que te dan un toque interesante —contesta ella.

—¡No me lo puedo creer!

—¿Qué no puedes creer?

—¡Un cumplido! Creo que me voy a desmayar aquí mismo. Por favor, no lo estropees…

—¡Imbécil!

—Vaya, ya lo estropeaste. Era solo un espejismo y vuelves a ser tú.

—¿Dónde vamos a pasar la noche? Estoy harta de llevar la mochila colgada —pregunta ella, cambiando rápido de tema para que no sigan por ahí.

—No lo sé. Ahora seguiremos preguntando y, si aún es temprano, podemos dar la vuelta hasta Vigo. He visto en el mapa una secundaria por la que llegaremos más directos. Bordea el lago y de camino hay otro chiringuito y un camping. Los peinamos todos y en Vigo buscamos un sitio para dormir.

—De acuerdo. A Vigo, entonces.

El camarero vuelve a la mesa y les trae la carta de postres para que vayan eligiendo. Enseguida se retira a la cocina.

—¿Vas a tomar postre o café? —pregunta Javier.

—Ninguna de las dos cosas, apenas puedo abrocharme el abrigo con tanta ropa debajo, mejor no tentar a la suerte. No vaya a ser que engorde un gramo y no suba la cremallera.

—Es que estás gordísima, Paula.

Ella le lanza la servilleta, captando la ironía, y esta acaba en el plato de su compañero, manchada con la grasa del filete. Cuando va a recogerla, tropieza con las copas y las tira. Además de empaparle a él, se ha cargado una. Mientras Javier niega con la cabeza, ella suelta una carcajada.

—Si hubiera sido Valeria, la bronca que le caería por tu parte sería de órdago —le dice él.

Y Paula no contesta. Sabe que es verdad y sonríe. Como a él le gusta.

Cuando cruzan el Tera, el hábitat disperso propio de la zona les va presentando un tipo de edificación de piedra, más acorde con la construcción tradicional que las casas blancas que han dejado atrás, en el pueblo nuevo. Javier y Paula vuelven a parar en los dos restaurantes que dan servicio a los visitantes y repiten el cuestionario con los mismos deprimentes resultados. Nadie con las características de Mario se ha dejado caer por ahí durante los últimos días, están seguros. El camarero del segundo les indica que continúen por la carretera para preguntar en el quiosco del lago, por si allí pueden darles algún dato. Después de comprobar que nadie recuerda a Mario, vuelven sobre sus pasos. Recorren el camino a la inversa y, cuando llegan al extremo del lago, cruzan por una pequeña carretera que lleva al otro lado del río Tera.

Al principio, a Javier le gusta el camino. Está asfaltado y la vegetación, pletórica en esa época, se suma al suave sol de primavera para crear un entorno idílico. En un primer momento echa de menos ir solo y apretar el acelerador a tope para disfrutar de la sensación de libertad que se siente sobre una moto. Este trayecto, lleno de curvas, se presta para ello. Pero se contiene. Va acompañado y ya no es tan temerario como en su juventud. Además, a medida que avanzan la calzada se empieza a llenar de baches que se ve obligado a esquivar. Quizá hubiera sido más sensato volver hasta la otra carretera, pero en esta Antonia les señaló varios alojamientos y no van a dejar ninguno sin visitar.

Las primeras paradas agotan la poca paciencia que le queda a Paula y además está cabreada por la mala cobertura de la zona. No puede hacer ni recibir llamadas. Ella, que detesta estar pegada al teléfono fuera de horas de trabajo, ahora lo lleva al alcance de la mano todo el tiempo, como si fuera el salvavidas que la mantendrá a flote durante una tormenta en medio del mar. A cada gesto de negación que recibe se va hundiendo un poco más, y eso Javier lo percibe porque no se ha quejado de nada desde hace horas.

Poco más tarde, un cruce indica el desvío a Vigo y Javier lo toma. Al hacerlo, Paula vuelve la cabeza unos segundos para observar la parada del autobús. Como otras que ha visto a lo largo del día, está muy lejos de las modernas marquesinas de ciudad. En su estructura es similar, pero los cristales urbanos se han sustituido por piedra y madera, y el tejado está cubierto por lascas de pizarra. Estos detalles, junto a la singularidad del lago, hacen que a Paula le esté encantando la zona. Por un momento, piensa que le gustaría que este fuera un viaje de placer, para poder disfrutar de todo lo que pasa ante sus ojos sin prisa. De disfrutar, también, de la compañía. Sumida en sus pensamientos, apoyada de nuevo en la espalda de Javier, no tiene una visión de la carretera y por eso se asusta un poco cuando él frena de manera brusca.

—¿Qué pasa? —le pregunta Paula, mientras se quita el casco para poder comunicarse con él mejor.

—Mira.

Nada más coger el desvío del pueblo, hay una calle a la izquierda plagada de carteles. Cinco, nada menos, que indican alojamientos: casas rurales, apartamentos, un bar, cabañas...

—¡Dios!

Paula se baja de la moto y empieza a caminar hacia los carteles. Javier, todavía sobre la moto, decide hacer una foto a modo de anotación. Apaga el motor, se apea y se dirige hacia ellos. Paula, desesperada por el tiempo que les va a llevar tener que visitar todos aquellos locales, le da una patada al letrero que señala la dirección del bar, sujeto sobre un viejo listón de madera, y este no resiste la embestida.

—¡Paula! ¿Qué haces? —dice Javier, y la agarra por detrás de la cintura, antes de que se le ocurra recogerlo del suelo y liarse a golpes con los demás.

—¡Esto va a ser imposible! —gruñe. O grita. O se desespera, porque de todo hay en esas pocas palabras que le salen en torrente y con ellas la frustración que siente.

—Pero el cartel no tiene la culpa.

Javier, cuando la nota más tranquila, la suelta e intenta recolocar el listón, pero no ha aguantado y se ha partido por la mitad. Espera que nadie los vea porque sería muy embarazoso que él, todo un serio inspector de policía, se viera envuelto en un tonto incidente como ese. Sería incómodo tener que explicar que ha sido denunciado por dañar el mobiliario urbano de ese pequeño pueblo de Zamora.

—Ya está bien por hoy —le dice—. Vamos a las cabañas que indica este cartel, ¿te parece buena idea que alquilemos una y sigamos con esto mañana?

—No sé qué es buena idea ya.

Paula parece un león enjaulado y empieza a caminar inquieta de un lado a otro. Ante la mirada de Javier, frena, respira y asiente. No soluciona nada poniéndose así, comportándose como una niña malcriada. En realidad, nunca ha solucionado nada con ese comportamiento suyo de permanente enfado, pero lleva tantos años a la defensiva que le cuesta mucho abandonarlo. Aunque en días como hoy sepa que es del todo necesario que se dé una oportunidad de empezar a ser otra.

Ya va siendo hora.

—De acuerdo, vamos —dice cuando ya está sobre la moto.

Capítulo 4

Las cabañas ocupan casi el centro del pueblo. Paula y Javier se acercan hasta la recepción y alquilan una de las pequeñas, en principio para un par de noches, volviendo a repetirle al encargado un cuestionario que va tachando sus casillas con noes insistentes, marcas en negro tan oscuras como el ánimo de ambos. Pero hay que hacerlo. Aunque absurda y con pocas probabilidades, es la razón de este viaje, de esta búsqueda que, de momento, está resultando un completo fracaso.

Dejan la moto a la puerta de la cabaña que les han asignado y, con las mochilas en la mano, entran en ella. Les recibe un suave aroma a madera y barniz, un olor a limpio y nuevo, y es la sensación la que les empuja a detenerse a observar los detalles. Es un refugio pequeño, pulcro, con las comodidades que se puedan necesitar para pasar una noche, e incluso cuenta con una diminuta cocina equipada con todo lo imprescindible. Javier le sugiere a Paula que se ponga cómoda mientras él va a buscar algo para comer y desayunar al día siguiente; así no tendrán que salir más si no quieren. El día ha sido demasiado infructuoso y está convencido de que es mejor para Paula que se relaje un rato y se olvide de seguir preguntando. Ella está de acuerdo. Se quedará en la cabaña y aprovechará para llamar a Valeria.

—Ya estará en casa de mi madre —dice Paula—. Es más que hora de que haya vuelto del colegio.

—¿Te apetece algo en especial? —pregunta Javier desde la puerta.

—Que aparezca mi padre.

—Para comer.

—Compra algo con lo que emborracharse, mejor.

No sabe si lo dice en serio, pero prefiere no indagar. Cierra la puerta tras él y sale del recinto de las cabañas. El pueblo es pequeño, pero tiene una tienda diminuta donde abastecerse con productos básicos. Tras comprar todo lo que necesita, Javier decide darse una vuelta. Busca solo dilatar el tiempo para que Paula pueda ordenar sus pensamientos a solas. La reacción que ha tenido al ver los carteles le ha dejado preocupado y está seguro de que le vendrá bien un poco de soledad. También por propio interés, porque si no lo hace, pronto acabará siendo él el saco donde ella golpee para descargar todas sus frustraciones. Por eso, Javier pierde más de una hora recorriendo las calles de Vigo, hasta que se percata de que ya ha pasado dos veces por la misma plaza y decide que es el momento de volver.

Cuando abre la puerta de la cabaña se encuentra a Paula sentada en el sofá, escribiendo mensajes de manera frenética en el móvil.

—¡Hola! —dice a modo de saludo y para que se entere de que acaba de entrar, pues parece no haber advertido ni siquiera que ha abierto la puerta.

—Hola —contesta ella, sin levantar la mirada del móvil y sin frenar la velocidad con la que se mueven sus dedos por el teclado virtual.

Ante el nulo caso que le hace, opta por ir a la pequeña cocina y colocar lo que ha comprado. Una vez que ha acabado decide comenzar a preparar la cena. Quizá sea pronto todavía, pero prefiere conceder a Paula un rato más, hasta que sea ella quien le diga qué la tiene tan concentrada. Cuarenta minutos después, Javier ha acabado con lo que se propuso, pero Paula no: sigue aferrada al teléfono, sin bajar la velocidad de tecleo y con una expresión arrugada. Hace rato que tuvo que ir a su mochila a buscar el cargador, pero ni siquiera esto la ha obligado a parar. De su gesto ceñudo Javier no sabe qué deducir, con quién demonios puede estar hablando. Piensa en Valeria, pero no cree que la niña aguante tanto rato chateando con su madre, ni a ese ritmo endiablado al que escribe los mensajes. Además, dijo que quería escuchar su voz, por lo que deduce que la habrá llamado.

Una curiosidad imperiosa le puede, necesita averiguar quién es la persona que está al otro lado de esa conversación escrita, pero no quiere preguntar, así que se le ocurre ir descartando candidatos, empezando por Valeria. Para asegurarse de si está hablando con ella, Javier marca el número de Eva. La madre de Paula no tarda ni tres tonos en descolgar y enseguida le pasa con su hija.

—¡Hola, papá! —saluda, alegre.

—Hola, ¿qué haces, preciosa?

—Acabo de terminar los deberes y voy a estudiar un rato, tengo un examen mañana de inglés.

Por el rabillo del ojo, Javier sigue observando a Paula, que continúa concentrada en el teléfono. Para un instante, pero enseguida recibe otro mensaje y comienza a contestarlo. No puede ser Valeria la persona con la que está conectada, porque en ese momento suena el aviso de otro mensaje en el móvil de Paula y la niña sigue hablándole a él, contando algo sobre su día, algo a lo que él no está prestando la atención que debiera.

—… y me he cagado en su puta madre. Para mis adentros, pero lo he hecho —escucha que dice.

—¡Oye! ¿Qué palabras son esas? —la regaña. ¡Solo tiene siete años! ¿De dónde ha sacado ese vocabulario?

—Si te parece…

Traga saliva. A saber de qué le estaba hablando la niña, no se ha enterado de nada y va a quedar como un imbécil si le pregunta, así que decide que no es buena idea. Valeria lo pondría en la carpeta mental de las meteduras de pata que acumula con ella, justo al lado de haberse olvidado de ir a ver la actuación de piano, así que se hace el loco.

—Mañana lo hablamos con más calma, y procura no emplear esas palabras que no suenan nada bonitas en una niña.

—¡No es justo, papá!

—Pues piensa lo que quieras, pero piénsalo con otras palabras. O si lo piensas con estas, guárdatelas para ti —le recomienda.

—Pues las voy a pensar aunque no me dejes decirlas.

—¡Valeria!

Dios, cómo se parece esta niña a su madre, no tiene filtro para algunas cosas.

—No es como si le fuera a decir a ella que es una hija de puta, solo te lo he dicho a ti.

—¿Qué te acabo de decir?

Javier está alucinando, le piensa preguntar a Paula qué clase de programas de televisión está dejando que vea para que hable así.

—¿Vas a venir a verme mañana? —le pregunta. Valeria no sabe que Javier y su madre viajan juntos y supone que él está en Madrid.

—No puedo, princesa, pero en cuanto tenga un momento, iré.

—Vale. Te quiero, papá.

—Yo también, preciosa.

Cuando cuelga se da cuenta de que Paula ya no está escribiendo. Ha dejado el teléfono sobre la mesita y parece pensativa. Por un momento, Javier piensa en preguntarle sobre la conversación que se traía, pero se contiene. Al fin y al cabo, si a ella le parece que puede compartirlo, se lo contará. Y si no, no es asunto suyo. Aunque se muera por saberlo, no debería ni siquiera sentir la inquietud de preguntar, pero el caso es que la siente y por mucho que se regañe, que se diga que es idiota, está ahí.

—He preparado algo de cena. —Repite el intento

de hace unos minutos, seguro de que entonces no le prestó mucha atención —. Es pronto, pero si te apetece, podemos comer ya.

—No tengo mucha hambre.

—No se aceptan excusas, Paula, estás comiendo muy poco. Además, si no recuerdo mal, mis macarrones con tomate te gustaban un montón. Son una *delicatessen* culinaria que nadie se debería perder.

—Sí, vamos, cualquier día te darán un premio por cocer pasta y ponerle tomate de bote por encima…

Paula sonríe un poco y Javier se alegra de que al menos la tontería que ha dicho haga desaparecer de su frente esa arruga tan fea.

—Qué quieres, en esta vida no se puede hacer todo bien y el Señor no me ha llamado por el sendero de la alta cocina —añade.

—¿Y por qué sendero te ha llamado?

Paula se pone en pie y se dirige a uno de los armarios. Tiene sed.

—Pues no sé. Pensaba que por el de la música.

—¡Te he oído cantar! Ese no es tu camino, a no ser que se trate de que convoques tormentas. Oye, para épocas de sequía extrema puedes ser muy útil.

—¿Y el baile?

—No me hagas reír.

—Algo haré bien, ¿no?

Paula niega con la cabeza, porque sospecha el camino hacia el que está él intentando conducir la conversación y no tiene claro que quiera recorrerlo ese día.

—Seguro que sí —le dice ella—, tú sigue buscando.

—En ello estoy, intentando descubrir mis habilidades, pero como no me quieres ayudar… —bromea—. Venga, vamos a cenar. Piensa que mi cocina tiene algo bueno: es tan simple que es casi imposible que te siente mal. Quizá te haga cambiar la cara, estás muy seria. ¿Malas noticias?

Al final no se ha podido contener más rato y pregunta.

—Nada que no esperase, no te preocupes —le dice, mientras se sirve agua de una de las botellas que ha traído Javier, pero no amplía la información y enseguida se las arregla para cambiar de tema—. Me ha dicho mi hermano César que Ángel viene mañana de su viaje por Japón. Al parecer habías quedado con él y con Ana en que irías a recogerlos al aeropuerto.

Javier no se acordaba de eso. Ángel es su mejor amigo y es, además, hermano de dos de los hermanos de Paula, los mellizos: César y Eduardo. Ha estado tres semanas de viaje con su mujer, Ana, por el país del sol naciente. Ángel y Ana, la amiga de la facultad de Paula, empezaron a salir a la vez que ellos, pero con una diferencia: les ha ido bien desde el principio. Llevan un montón de años juntos, se casaron en una boda de cuento de hadas y se pasan la vida de viaje, porque los trabajos de los dos y la ausencia de niños que condicionen sus horarios les han dado una economía más que saneada y una libertad extraordinaria. Han recorrido medio planeta y en sus planes está hacer lo mismo con el otro medio. Siempre que se van, Javier se encarga de llevarlos y traerlos al aeropuerto, pero con todo el lío de la desaparición del padre de Paula se había olvidado de que el jueves era el día en el que volvían.

—Joder, no me acordaba. Tengo las llaves de su coche en mi casa.

—Eduardo va a ir a buscarlos, eso ya lo he solucionado. Llama a tu padre, que busque las llaves en tu casa y se las dé para que pueda recoger su coche.

—No le he dado la copia todavía. Mi padre no tiene llave de mi casa ahora. Me la dejé puesta por dentro hace un mes, salí y cuando volví tuvieron que reventar la cerradura.

—¿No tiene llave de tu casa nadie?

—Sí, las tiene… bueno, alguien tiene. Le diré que las lleve a la comisaría y que las recoja Edu de ahí.

El titubeo Paula lo interpreta como lo que es, que Javier no tiene ganas de compartir con ella quién es la persona que tiene las llaves. Sospecha que es de sexo femenino y que tiene algo que ver con Javier más allá de la confianza de dejarle las llaves de su casa. Incluso, aunque se lo ahorre, podría apostar que sabe su nombre. Se da cuenta de por qué no le sonaba el coletero que lleva puesto como uno de los de Valeria: porque no es de su hija como supuso. Se lo quita, poniéndolo en la mesa y sintiéndose idiota por los celos que siente. Eso es lo que le pasa siempre. Sus malditos celos. No soporta que ninguna mujer se acerque a Javier. En cuanto eso sucede, pierde el aplomo, toda la seguridad en sí misma y se comporta como una tarada. Desde el día en el que se conocieron ha sido así y ellos han sido muchas veces la causa de que entre los dos las cosas no funcionen.

—¿Hablas tú con él? —le pregunta. Quiere volver a lo que les ocupa antes de perderse en sus pensamientos.

—Sí. Es curioso, con lo mal que me llevaba con tus hermanos cuando eran pequeños y lo que ha mejorado la cosa con el tiempo.

—Justo al contrario que conmigo.

Tarde. Para cuando se da cuenta de que no tenía que haber dicho eso, ya es tarde. Javier la mira expectante, esperando a que continúe con lo que acaba de exponer, pero ella no lo hace. Por eso, es él el que pregunta:

—¿Nos llevamos mal?

—No tenemos una relación ideal de amistad y cordialidad, señor inspector, por si no te has dado cuenta todavía...

—Pero no es tan mala, Paula.

—¡Joder! ¿Y qué consideras tú como mala? No hay día en el que no acabemos lanzándonos reproches. Y eso si no nos lanzamos algo más.

—Y tampoco hay día en el que cerremos la puerta del todo a lo que sea que hay entre los dos. Llevamos con ella entreabierta años —le contesta, recordando la conversación que ha tenido con Miranda y lo que le ha hecho pensar.

—Un día se cerrará del todo y no seremos capaces de volver a hablarnos.

Lo dice con un tono ahogado, que lleva en él mucha tristeza, pero que intenta disimular.

—Pues entonces piensa en cómo solucionarlo.

—¿Yo sola?

Otra vez. Sin querer el tono de Paula adopta una postura defensiva, ha interpuesto un escudo imaginario en el que rebota la responsabilidad. No sabe cómo lo hace, cómo es capaz de darse cuenta de que ha metido la pata otra vez medio segundo después de soltar la lengua, pero nunca antes.

—No, supongo que esto es cosa de los dos —dice él, conciliador—, pero yo siempre he intentado poner todo de mi parte. Cuando creo que lo estoy logrando, de pronto te cierras. Me das un portazo en plena cara. Créeme que después de eso necesito tiempo para lamerme las heridas y continuar adelante. Tienes muy poco tacto la mayoría de las veces.

—¿Qué quieres que seamos tú y yo? —pregunta ella.

Ahora hay unos momentos de silencio, en los que Javier medita las palabras antes de que salgan de su boca. Al final opta por la opción que le parece más sincera.

—Lo que fuimos, Paula. Lo que empezábamos a ser cuando lo dejamos y lo que somos a veces, cuando me permites entrar en esa fortaleza que te has fabricado y en la que resulta tan difícil colarse. Es tan complicado que ni siquiera sé por qué no me olvido del tema para siempre.

La respiración de Paula se agita. En las palabras de Javier hay indicios de que él no ha tirado la toalla aunque, si fuera sensato, no solo la habría tirado, sino que lo habría hecho a la cara de ella. Por borde, por estúpida, por no querer aceptar que es el hombre al que quiere y por no pelear ni una sola vez cuando las cosas se han puesto difíciles. Siempre ha usado la estrategia de huir, aunque nunca haya conseguido nada con ella. Cuando están cerca, vuelve a descontrolarse por lo que siente por ese inspector de policía que, antes que eso, fue el chico del Vespino destartalado. Su chico de alquiler. Ese del que se enamoró cuando no era lo más sensato, pero es que entre ellos la sensatez nunca ha existido.

Deja el vaso sobre la encimera de la cocina y se aproxima a Javier.

—¿Te gustaría que eso cambiara?

—Creo que nada me gustaría más.

Otra vez un silencio entre los dos, pero ahora es Paula quien tiene el turno de palabra. Acaban de descolocarse de nuevo sus sentimientos, han dado un salto en el tiempo y no están en una cabaña en un pequeño pueblo de Zamora, sino en un parque, frente a las vías del tren, una mañana soleada de invierno. Los dos solos, confesándose sin palabras que acaban de encontrar a quien siempre han estado buscando. Le mira a los ojos, rastreando en ellos las mismas emociones que circulan a toda velocidad por su organismo. Tienen que estar, es imposible que hayan desaparecido porque, cuando se siente con tanta intensidad, siempre queda una huella que ni siquiera el tiempo es capaz de borrar.

No está segura de lo que va a hacer, de la conveniencia de seguir sus propios deseos después de haber sido capaz de contenerlos durante el último año, pero después de los mensajes que ha estado mandando hace un rato, a ella no le queda nada que perder. Le da una patada mental a todo. A la mierda lo conveniente, a la mierda las precauciones, a la mierda el miedo. Está ahí, con ella. No hay ningún testigo de lo que pueda suceder y, si se arrepienten, no será la primera vez. Es mucho peor arrepentirse de no haber tenido el coraje de vivir lo que sientes. Con la mano derecha le agarra por la camisa y usa la izquierda para aferrarse a su nuca. El beso con el que le sorprende es cualquier cosa menos suave. Es un asalto con violencia, por el que está segura de que tiene que haber hasta pena de cárcel. Espera que él no saque la placa y la detenga. Sobre todo, espera que no la detenga.

Javier lo recibe desconcertado. Dos segundos. Al tercero se da cuenta de que llevan juntos más de veinticuatro horas, que han pasado la última noche en la misma cama sin tocarse y eso es todo un récord entre ellos. Y no necesita récords, necesita a Paula. Con sus dudas, con su inestabilidad, pero también con todos los resortes que despierta en él solo con su presencia. Por no contar con los otros que acciona cuando le toca. Decide no oponer resistencia a la agresión, dejarse llevar hasta donde ella quiera. No va a ser él quien estropee el momento porque hace mucho que echa de menos una batalla así entre los dos.

Paula se separa un momento de Javier. Se quita con decisión la camiseta, se recoloca el pelo y le empuja bruscamente con la mano en el pecho hacia el sofá. Cae sentado, rendido, y no deja de mirarla, pero no hace nada. Le deja a ella la iniciativa, que se sienta sobre sus piernas y vuelva a besarle de esa manera salvaje que siempre le ha vuelto loco. No quiere que paren los besos que lo están excitando, pero sabe que es mejor no apresurarse. Aunque le apetezca arrancarse la ropa y hacerla suya ahí mismo, también necesita prolongar todo lo que pueda ese momento de intimidad entre los dos. Y sabe lo que le gusta a Paula, porque no es la primera, ni la segunda vez que han llegado hasta ahí. Desliza sus manos con suavidad por los costados de su torso y ella gime por el contacto. Están frías, pero por nada del mundo ella desea que dejen de acariciarla. Con agilidad, él desabrocha el sujetador, que Paula se quita sin pensar y lanza al suelo. Está tan ansiosa como él por volver a perderse entre sus brazos.

Siguen besándose y ella, que se siente ahora en ligera desventaja, decide poner en empate este duelo y empieza a desabrocharle la camisa. Con prisa, con urgencia, como si el tiempo jugase en su contra y quisiera exprimirlo al máximo. Cuando los tiene todos abiertos, posa sus manos en los fuertes hombros del inspector Muñoz y empieza a deslizar la tela de la camisa. No han dejado de besarse, de intercambiar pequeños mordiscos sin respetar un turno, porque no hace falta, que hacen que se les escapen gemidos de placer. Javier la ayuda a deshacerse de la camisa, que se ha quedado atascada en las muñecas, y decide que no le apetece seguir en el sofá. Hay una preciosa cama en la habitación de la cabaña. Bueno, preciosa no es, pero sí es más amplia y cómoda. Alza a Paula, que se aferra a su cintura con las piernas, y se la lleva hasta ella. En el breve camino no separan tampoco sus frentes ni sus miradas, que están acariciándolos por dentro, donde no llegan las manos.

Ya en la cama, la suelta sin miramientos. Paula no está muy dispuesta a que sea él quien lleve la voz cantante esta noche, así que se incorpora enseguida. Se pone de rodillas sobre el colchón, mientras él sigue de pie al lado, y busca su boca de nuevo. Le besa en el cuello. Respira en su oído con la intención de que sea consciente del deseo que se le escapa cada vez que toma aliento. Mientras, afloja el cinturón de los vaqueros que lleva puestos Javier y busca los botones. No tiene paciencia para ir de uno en uno, así que tira con energía de la tela hacia los lados y los desabrocha de una vez. Con la misma premura introduce los dedos entre la ropa y sus caderas, tira hacia abajo y lo deja desnudo. Solo entonces se para a mirarlo, a recrear su vista en el cuerpo del policía. Lo conoce de memoria, de las veces que han estado juntos y de los cientos que no, en las que se ha tenido que conformar con tan solo pensar en él. Durante un momento, se fija en la cicatriz que luce en el abdomen y no se resiste al impulso de besarla. Forma parte de un recuerdo del pasado, de una historia que ama casi tanto como a Javier Muñoz.

Javier no quiere que se entretenga; ahora es él el que está en desventaja. Ella le tiene desnudo entero, para recrearse cuanto quiera, pero a él los pantalones de Paula le privan de la mitad del espectáculo visual. La empuja de nuevo y la obliga a tumbarse sobre la cama. Desliza las manos por el pantalón y después besa su sexo por encima de la ropa. Incluso con esa barrera, el latigazo que siente ella es brutal y la obliga a arquear la espalda. Gime, sonríe, le mira y decide no esperar más. Se quita ella misma el resto de la ropa y la lanza al suelo. Sigue tumbada en la cama y Javier aprovecha para aprisionarla con su cuerpo. Coloca las manos a ambos lados de Paula y se queda mirándola.

—Esta noche eres mía.

—No —le dice ella—, tú eres mío.

Y le empuja, haciéndole rodar y obligándole a que se tumbe de espaldas. Sube encima de él y, a partir de ese momento, el inspector Muñoz se rinde. Es verdad, ella demuestra sus palabras: esa noche, Javier es de Paula.

La madrugada los encuentra a los dos en la misma cama. Javier despierta cuando las primeras luces del día rompen la noche y al principio hasta respira con sigilo. No quiere cargarse el misterioso hechizo que ha permitido que Paula siga a su lado y no haya salido corriendo como siempre. Tal vez porque están muy lejos de su mundo y tampoco ha tenido opción, pero en la habitación de al lado hay un sofá y si hubiera querido, se habría marchado, de eso está cien por cien seguro. Pero no, ahí está, dormida, tapada con el edredón, con el pelo alborotado y el gesto sereno. Ahora que no corre el riesgo de que le pregunte qué hace mirándola con cara de tonto, estudia su rostro con calma. Tiene los mismos rasgos que Valeria, podría decirse que la niña es una miniatura de su madre, aunque ha heredado los ojos negros de Javier. Los de ella, aunque marrones, son muy claros y tienen pequeñas pinceladas de verde dispersas. Es un color extraño y particular que siempre le ha resultado muy atractivo. Como, en realidad, todo lo que tiene que ver con Paula. Todavía no se explica cómo en la facultad pudo pasar unos meses en su misma clase sin verla, porque después, cuando fue consciente de que existía, lo que no ha logrado es apartarla de su pensamiento.

Con mucho cuidado, aparta un mechón de pelo que le cae sobre la nariz. Tiene ganas de darle un beso, pero se aguanta porque no quiere que se despierte aún. Necesita descansar para afrontar un nuevo día de búsqueda. Con el máximo sigilo, se da la vuelta para buscar el teléfono sobre la mesita de noche y comprobar la hora, pero no lo encuentra. Los teléfonos se quedaron en la otra habitación, han estado tan entretenidos que no se han acordado de ellos en toda la noche. Eso, que en otras circunstancias sería bueno, hoy se le antoja un grave error. Quién sabe si habrá noticias de Mario. En su interior espera que no, que no las haya porque teme la reacción de Paula. En el estado de nervios en el que se encuentra esos días la cree capaz de echarle la culpa por haberla entretenido, a pesar de que fue ella quien empezó.

Decide levantarse y comprobar si ha habido alguna llamada. Está sentado en el borde de la cama, sacando sus calzoncillos de los pantalones, donde se quedaron enredados por la noche, cuando nota que Paula se mueve. Se gira para mirarla.

—Buenos días, dormilona —le dice, al comprobar que está abriendo los ojos.

—Buenos días.

Ella se incorpora, sin preocuparse de sujetar la sábana sobre el pecho, dejando a la vista su desnudez y se acerca a Javier, abrazándolo por la espalda. Deja caer la barbilla en su hombro y después gira el rostro para darle un beso.

—¿Eres tú, Paula? —le pregunta.

—Claro que soy yo —dice ella, sin ninguna hostilidad, acariciándole el cuello y la nuca, y provocando que sienta un escalofrío.

—No conocía esta versión tuya.

—¿Cuál?

—La de despertarte por la mañana repartiendo besos.

Se da la vuelta y la empuja hasta que se tumba de nuevo. Riega una tonelada de besos por sus labios y después, como las mejillas, la frente, el cuello, el pecho y el ombligo parecen sentir celos, va entregándoles poco a poco su ración. De pronto se acuerda del teléfono, de sus intenciones de mirarlo, pero decide que da igual si tarda diez minutos más. O veinte. O un par de horas. Si hubiera algo urgente, seguro que sonaría hasta que no tuvieran más remedio que descolgarlo.

—¿Te has levantado con hambre? —pregunta ella.

—Más de la que pensaba —contesta Javier, que sigue acariciando con los labios la piel en torno a su ombligo.

Paula, si algo no tiene, es paciencia. Empuja la cabeza de Javier hasta obligarlo a que los besos busquen sus otros labios. Él obedece encantado con la brusca sugerencia y está pensando que, dentro de un rato, le va a pedir una compensación similar. Sin embargo, no le da tiempo. Esta mujer es impaciente del todo y no le deja entretenerse todo lo que le gustaría. O tiene muchas ganas de recuperar todo el tiempo perdido, porque antes de que Javier se dé cuenta está dentro de ella, buscando un ritmo en el que las respiraciones de los dos se acomoden. No tarda mucho en encontrarlo y su cuerpo estalla en una oleada de placer justo a la vez que Paula gime su nombre.

Cuando sale de ella, exhausto, la mira.

—Si prometes despertarme así todos los días, me quedo siempre contigo.

—Yo no te he despertado, estabas despierto.

—No, estate segura de que sí me has despertado.

Paula acaricia el torso de Javier, recreándose en la suavidad de la piel. No quiere levantarse, le gustaría seguir allí, en la cama de esa cabaña durante el resto de su vida, pegada a un hombre que, si no fuera por lo poco que aguantan sin tirarse los trastos a la cabeza, pensaría que es el hombre de su vida. El recorrido de sus dedos se interrumpe al llegar al hombro. En el derecho, recorre el dibujo de la pieza de puzle tatuada.

—¿Qué significa? —le pregunta.

—¿Esto? Soy yo. Una pieza suelta que está buscando el puzle en el que encajar.

—¿De verdad? ¿No existe la otra pieza?

—Si te refieres a si hay alguien que lleve el resto del tatuaje en su hombro, no. No existe.

—¿Y por qué te lo hiciste?

Javier se incorpora sobre uno de sus brazos y se queda mirándola.

—Fue hace mucho. No sé cómo no la has visto antes. Lleva ahí tiempo.

—¿Eso es cierto? ¿Y por qué no la vi hasta el otro día?

—Porque nunca te quedas lo suficiente para fijarte, Paula. Te vas antes.

—¿De verdad estás buscando la otra parte? Me refiero a que…

—No, no estoy buscando nada. Aunque eso no significa que no espere encontrarlo algún día.

Sonríe y se besan, y a Javier le gustaría seguir ahí todo el día, pero recuerda lo que iba a hacer cuando ella se ha despertado.

—Voy a ver qué hora es en el teléfono y si alguien ha llamado.

Ella suspira y se sienta en la cama. Durante unas horas se le ha olvidado por qué están allí, por qué el día anterior alquilaron una cabaña en la que han pasado una de las mejores noches de sus vidas. Incluso se le ha olvidado que Javier preparó una cena que no probaron y también que le prometió a Valeria un mensaje de buenas noches. Se le ha olvidado todo, pero es que es él y es la primera vez en mucho tiempo que han sido capaces de no discutir.

—Es verdad, yo también tengo que mirar el mío.

Echa un vistazo alrededor, intentando localizar su ropa, y a un lado de la cama ve los pantalones. Se inclina desde la posición en la que está para recogerlos y Javier no frena la tentación y le da un suave mordisco en el culo, que provoca que ella dé un respingo.

—¿Eres tonto? Casi me caigo.

—Perdona, no he podido evitarlo. Tu culo es muy atrayente.

Paula se da la vuelta, para reiniciar la búsqueda de su ropa, y está pensando en cómo devolverle la travesura en cuanto se despiste. Ahora, más despejada que cuando despertó, se fija en la espalda de Javier. La recorren marcas de arañazos que no le ha podido hacer ella. De eso está más que segura. Sobre todo porque lleva mordiéndose las uñas toda la vida.

Intenta controlar el desencanto que de pronto se ha apoderado de su ánimo y centrarse en el momento en el que están. Trata de no perderse en conjeturas, porque no es el momento, y porque sabe que eso no le hace ningún bien. Paula cierra los ojos e intenta serenarse.

«Hoy. Ahora. Los dos. No pienses en nada».

Se lo repite varias veces. No tiene que permitir que los celos vuelvan a arruinarlo todo entre los dos.

—Voy al baño —le dice.

—Vale, yo salgo ahora.

Cuando lo enciende, el teléfono de Javier tiene una docena de llamadas perdidas que no ha escuchado porque se ha quedado sin batería. Maldice entre dientes el despiste y comprueba de dónde son. La mayoría proceden de la comisaría. Empieza por llamar allí y Escudero le da novedades. Se preocupa bastante por lo que le cuenta.

—Ha aparecido en la Casa de Campo el cadáver de un hombre que coincide por edad y rasgos con el perfil de Mario Aguirre.

—¡Qué dices! —Enseguida baja el tono, no quiere que Paula escuche.

—Entre sesenta y setenta años, canoso, sin síntomas de alopecia y barba —continúa.

—¿Cómo ha aparecido? —pregunta.

—Sin signos de violencia en el cadáver. Estaba al lado de uno de los caminos que usa la gente para correr. Mira que digo que no es sano correr sin necesidad, pero nadie me hace ni caso. Si me dices cuando tuvimos que prepararnos para las pruebas físicas, vale, pero después…

—¡Escudero!

—¡Vale, vale, sigo! Lo ha encontrado otro tarado de los que salen con el perro, que dime tú qué falta hace tener perro en la ciudad, para tener que sacarlo por las mañanas y por las noches a que hagan sus cositas, con el frío que hace algunas veces y otras con todo el calor. Y encima tener que recoger las cacas en bolsas, que vaya asco.

—¡Escudero, céntrate! —Sube el tono y enseguida se arrepiente.

Mira desde la puerta, pero Paula parece no haberse percatado de nada. Se está poniendo nervioso porque su compañero no arranca, se entretiene en estupideces y en darle datos que no tienen importancia, obviando decirle si se trata de la persona que están buscando. Mientras habla y habla, Javier está haciendo mentalmente las maletas para volver, pensando además en el mejor modo de contarle a Paula la noticia. Si es que hay una manera buena de contar algo así a una hija. Escudero tarda tres eternos minutos en abandonar los preámbulos, hasta que llega al meollo de la cuestión.

—No es él.

Javier suelta el aire que ha estado conteniendo. Se trata de otro hombre que murió de un infarto mientras corría la tarde anterior. Llevaba documentación y la familia ya está informada. Javier, después de recomendarle a su compañero que haga un curso para aprender a resumir, le sigue preguntando.

—¿Tienes algo más que contarme? ¡Pero abrevia!— le advierte.

—Bueno… —titubea.

—¿Qué? ¡Arranca!

—Que cuando vuelvas te vas a enfrentar a un miura. Miranda está que trina.

—Olvídate de Miranda y avísame si sabes algo.

—Y tú no apagues el teléfono —le dice su compañero de academia.

—Vale, que sí. ¡Escudero!

—Dime.

—Rebusca hasta debajo de las piedras si hace falta, estrújate la cabeza pensando en algo que se nos esté escapando, pero Mario tiene que aparecer y hacerlo vivo. Ah, y si encuentran otro cadáver y no es él, empieza por ahí.

Le cuelga sin despedirse, bastante cabreado por el susto que le ha dado Escudero sin necesidad. Decide no contárselo a Paula porque en realidad da lo mismo y quizá lo único que consiga es que se altere más. Después devuelve otra de las llamadas. A Miranda. No hacía falta que su compañero le dijera que está cabreada, eso lo sabe por las dos llamadas perdidas suyas que tiene. Si no fuera porque es quien tiene las llaves de su casa, hasta habría sopesado ignorarla, pero necesita que las deje en su despacho, ya que Eduardo irá a buscarlas. Evita entrar en detalles por la advertencia de Escudero y, aunque ella intenta empezar una discusión, él no quiere que le acabe preguntando si se ha acostado con Paula. No está seguro de ser capaz de dar la misma respuesta que el día anterior con un mínimo de credibilidad. Entre otras cosas, porque la veracidad de esa información, después de la noche, ha cambiado. No es algo para hablarlo por teléfono, ya lo hará cuando regrese. Aunque lo que han vivido Paula y él acabe como siempre, también sabe que si quiere ser honesto consigo mismo lo que tiene con su compañera de trabajo tendrá que replanteárselo.

La tercera llamada es para Eduardo, el hermano de

Paula. Esta vez sale de la habitación, mientras siguen hablando.

—¿Ya os habéis sacado los ojos? —le pregunta Edu a Javier, sabiendo como sabe que cuando están juntos es lo más probable que suceda entre ellos.

—No, esta vez no.

—Espero que dure y os centréis en localizar a mi padre.

—En ello estamos, aunque no hemos conseguido avanzar casi nada.

—Si aquí sabemos algo, te llamo o llamo a Paula —dice el gemelo.

—Gracias, Eduardo.

—No, gracias a ti. Por buscarlo y por llevarte a mi hermana. No sé qué es peor, si la angustia de no saber dónde está él o tenerla llamándome cada dos horas para preguntar.

—Está preocupada, es normal.

—Sí, todos lo estamos, pero ella es la que lo está llevando peor. Hablamos, ahora te tengo que dejar. Me toca resolver unas cosas para tener la tarde libre e ir al aeropuerto.

—Saluda a tu hermano de mi parte cuando llegue.

—Lo haré. Hasta luego.

Paula ha escuchado la última conversación mientras preparaba la cafetera. Antes de que ella pregunte, él la tranquiliza. La ausencia de noticias es una buena noticia. Ella le ofrece un café y él acepta, aunque le advierte que primero se va a dar una ducha.

—Voy a revisar la moto antes de salir —le dice, mientras revuelve en la pequeña bolsa de viaje que ha traído y saca ropa limpia.

—¿No salimos ya? —pregunta ella, sin ningún ánimo.

—Vamos a hacer un poco de tiempo, Paula, al menos hasta que la gente esté despierta. ¿Te pasa algo? Estás muy seria —afirma, mientras se acerca y deposita un suave beso en sus labios.

—No, no es nada nuevo. Es que no puedo dejar de pensar en mi padre.

Ella se esfuerza en sonreír, intentando que los fantasmas que han invocado unos arañazos, mezclados con la angustia que la acompaña desde hace una semana, se vayan a otro lugar, tratando de concentrarse en las sensaciones del beso que acaba de recibir. Aferrarse a lo bueno, eso es lo que tiene que aprender a hacer.

—Ve a ducharte, anda.

Paula desayuna con el sonido de la ducha de fondo. Ha revisado su teléfono, ha vuelto a llamar a Mario sin éxito y ahora, listas ya las tareas pendientes, no sabe qué hacer. El recuerdo de lo vivido entre los dos debería ser suficiente para que no se le borrase la sonrisa del rostro, pero el miedo a que no sea más que un espejismo ha paralizado su capacidad para sentirse bien. Necesita pensar en otra cosa, así que saca el mapa de Antonia de la mochila y revisa los círculos que se corresponden con los alojamientos de Vigo de Sanabria. Paula está pensando que, antes de ir a otro lugar, den una vuelta por Vigo. Quizá sea un sitio demasiado pequeño para que Mario haya acabado recalando en él, pero tampoco estaba en sus planes pasar la noche ahí. Ya que están, no es mala idea no descartar un paseo que tampoco les quitará mucho tiempo y les dará opción a preguntar a algún paisano. En cuanto él revise la moto, será el primer sitio que visiten.

Cuando Javier sale del baño le cuenta su plan y a él le parece perfecto.

—Voy fuera, tardo diez minutos.

—De acuerdo. Yo haré tiempo lavándome el pelo.

Después de revolver en su mochila, entra en el baño y se entretiene con el aseo. Mientras está allí, sola, rememora los momentos de pasión y se promete que esta vez no va a pensar. Ha sido algo que necesitaba, algo que no está segura de qué significa, pero no es momento de plantearse si se trata de una excepción de tantas o un principio. Su mente, inundada por la desaparición de Mario, no tiene espacio para más preocupaciones y se jura que será capaz de mantener al margen cualquier dilema entre los dos que se presente.

Cuando termina su aseo, encuentra a Javier sentado en el sofá, mirando el mapa.

—Tenemos tiempo para dar un paseo, si te apetece.

—Gracias. Sé que no es fácil aguantarme sin que esté preocupada, así que supongo que cuando ando escasa de paciencia, menos.

—No eres fácil nunca, pero a la vida no le vienen mal los retos.

—No consigo hacerme a la idea de que no voy a volver a verlo —le dice, dejando escapar un pensamiento que trataba de tener controlado, pero que ya no puede contener más.

—Es que creo que no tienes que pensar en eso. No hay pruebas de que vaya a suceder.

—Ni tampoco de que no. No quiero perder a mi padre. Estoy harta de perder siempre a quien quiero.

—Anda, ven.

La atrae hacia él y la obliga a que se siente a su lado. Ella se deja y apoya el rostro en su hombro.

—Oye, tengo una pregunta que hacerte —dice Javier—. ¿Tú sabes qué es lo que le pasó ayer a Valeria?

—¿A qué te refieres? —pregunta ella, despegándose de su cuerpo para mirarle.

—No me regañes, ya sé que soy un desastre de padre, pero ayer me contó algo y no me enteré muy bien de qué hablaba.

—Típico de ti... —le dice sonriendo.

—Tenemos una niña que da mil rodeos para decir cualquier cosa, me despisté y solo volví a prestarle atención cuando soltó un taco.

No le cuenta, por supuesto, que estaba más preocupado intentando averiguar con quién hablaba ella que de lo que le contaba Valeria.

—No es nada importante, su profesora de dibujo le rompió el último trabajo, porque piensa que una niña no es capaz de hacer algo tan bueno sola. Le dijo que no le gusta la gente mentirosa, que seguro que habrían sido sus padres los que lo hicieron y no ella.

—Esa listilla no me ha visto dibujar a mí... —dice Javier.

—Pues anda que a mí. De todas maneras, tenemos que enseñarle a que controle sus impulsos, que se frene antes de abrir la boca.

—¿Y eso quién lo hará? ¿Tú, que eres puro impulso? —le pregunta irónico, recordando el arrebato de la tarde anterior, o el de la mañana, del que todavía no se ha recuperado.

—Puede que no sea el mejor ejemplo, pero créeme que lo intento.

Si lo sabrá ella, que lleva un buen rato aguantándose las ganas de preguntarle por los arañazos. No quiere saber el punto donde está la relación que tiene Javier con otra persona ni qué es eso que está pasando entre ellos. Para no confundirse más, para que la esperanza no le estalle en la cara en cualquier momento. La necesita intacta, bien guardada en la caja de la leyenda de Pandora, que sea el refugio en el que mecerse estos días tan extraños que le está tocando vivir sin su padre. Las desilusiones, eso de lo que sabe tanto, las aparta y se refugia en la tregua que se han dado. Quiere con desesperación que Javier siga con ella y que no la deje sola en esto. Sabe que con él a su lado podrá reunir fuerzas para no darse por vencida.

—¿Salimos a dar una vuelta? Aquí no tenemos mucho que hacer, a menos que...

—Vamos fuera, sí.

Paula, sin dejarle terminar la frase, aborta todo conato de intimidad y Javier prefiere no insistir.

Ya tendrán tiempo. Él piensa hacer todo lo posible para que lo encuentren.

El paseo resulta agradable, sobre todo porque logran mantener la conversación girando en torno a anécdotas divertidas del pasado. Esquivan la razón por la que están en los alrededores del lago y no consienten, ni una vez, en analizar lo que ha pasado entre ellos. La calma les permite disfrutar de una apacible mañana de primavera en tierras zamoranas. Apenas se encuentran con coches mientras deambulan por las estrechas calles. Van dejando a los lados construcciones típicas sanabresas, casas de una o dos plantas, con fachada de piedra rematada por balcones de madera y techos inclinados de pizarra, ideales para que la nieve se escurra de ellos en época de nevadas. En alguna de ellas observan que la planta baja tiene un espacio que en otro tiempo pudo dedicarse a cuadras donde guardar los animales. Ahora más bien parecen trasteros o, en algún caso, se han transformado en garajes. Rebasan también casas abandonadas, ruinas en las que en otro tiempo habitó una familia con su vida y su historia, que quizá haya quedado sepultada en el mismo olvido que están ahora ese montón de piedras que no han logrado imponerse al paso del tiempo. De vez en cuando, encuentran pequeñas huertas cultivadas de manera tradicional, como demuestran los aperos de labranza que reposan a su lado. Algunos son tan antiguos que podrían estar ya ocupando las estanterías de un museo rural. A pesar de la irregularidad manifiesta del trazado urbano, de lo dispar de las viviendas —frente a las ruinosas hay otras que parece que acaban de ser construidas— el pueblo es bonito y tranquilo, un remanso de paz que está situado en un lugar privilegiado, rodeado de una naturaleza que explota en primavera en un verde intenso. Que huele a calma y a ritmo suave.

Ni siquiera se dan cuenta de que llevan caminando más tiempo del que habían previsto y que hace mucho que llevan las manos entrelazadas mientras lo hacen, hablando de lo que ven y de lo distinto que es a su mundo, donde las prisas por llegar a todo se han cargado hasta los paseos improvisados.

Se detienen sobre el puente romano, una modesta construcción con tres arcos de medio punto que cruza el arroyo y, tras una brevísima visita a la tienda del pueblo, el único sitio donde despliegan sus preguntas en torno a Mario, vuelven a la cabaña, cogen la moto y se marchan hacia el siguiente destino marcado en su ruta: San Martín de Castañeda.

No son aún las doce cuando aparcan la moto frente al puesto de helados en el pequeño municipio de San Martín de Castañeda, situado a escasos kilómetros de Vigo de Sanabria. Está al lado de la terraza del restaurante y se sientan en ella a tomarse un café, mientras planean continuar con el cuestionario en cuanto aparezca el camarero. Hoy no hace frío y el trayecto entre los dos pueblos es tan corto que Paula ha optado por no ponerse el mono. Está hasta el gorro de lo incómodo que le resulta ir vestida con él para viajar en moto, aunque es de lo único que se ha podido librar.

—¡Qué feas son! —dice, mientras levanta el pie y lo mueve para observar las botas.

—No tienen que ser bonitas, tienen que ser prácticas.

—Estas, ni una cosa ni la otra. No son para montar en moto, pero es lo único que encontré en mi armario. Deberíamos haber venido en coche.

—Eres una quejica, sé que te gustan las motos tanto como a mí. ¿Qué hiciste con la tuya?

—Cuando nació Valeria decidí que era mejor vender la moto. Ya ves…, algo que nos ocurre a las madres, tenemos que renunciar a algunas cosas cuando tenemos un bebé.

—Eh, que yo también llevaba a Valeria en coche y bien atada en su sillita. En el de mi padre, pero nunca se me ocurrió subirla en la moto, soy un padre responsable. Además de un policía, debo dar ejemplo.

—Siempre me hizo gracia que se te ocurriera de pronto presentarte a las oposiciones —le dice, recordando el momento en el que se enteró a través de Ángel que Javier había decidido reconducir su vida.

Javier recuerda el motivo por el que no se matriculó en la facultad al curso siguiente de conocerla y dejó la carrera a medias. No en balde lo tiene sentado delante, mirándose las botas que parecen gustarle tan poco. Pensó que era mejor que se dejasen de ver todos los días y, dado que aquella carrera que eligió no le motivaba en absoluto, la opción de prepararse para policía le pareció una buena idea. Con el tiempo ha descubierto que así era, que no se equivocó lo más mínimo. Se ha esforzado para llegar donde está y se siente orgulloso de ello.

—Necesitaba hacer algo distinto —dice, ocultando sus verdaderos motivos.

—Te sentó bien el cambio. En pocos meses, con las palizas que te diste para pasar las pruebas físicas, parecías otro.

—No hay nada mejor para superarse a uno mismo que te toquen el orgullo. Y en esa época me lo tocaron a manos llenas.

Paula intuye que está hablando del momento en el que cortaron su relación, ese noviazgo adolescente que los marcó a fuego a los dos, pero encuentra el valor para resistirse a entrar en una discusión. Sobre todo, porque el camarero llega para anotar las peticiones. Para cuando regresa con los cafés que piden, Javier pregunta al hombre por Mario. Las mismas preguntas que lleva haciendo desde el martes y espera idénticas respuestas, por lo que se sorprende cuando, al enseñarle la foto, el camarero le dice que sí, que se acuerda de él.

—Estuvo aquí la semana pasada, no tengo ninguna duda.

—¿Está seguro? —Paula respira agitada, ya había perdido toda esperanza de que alguien diera señales de haberle visto.

—Completamente, era él. Tenía acento de Madrid y pidió una infusión y café descafeinado.

—¿No estaba solo? —pregunta Javier, al que le sorprende que se acuerde hasta de lo que tomó.

—No, no, vino con una señora.

Los dos se miran estupefactos, ninguno tiene noticias de que Mario haya empezado una nueva relación, pero conociendo su pasado no debería parecerles demasiado extraño. Es un hombre atractivo, a pesar de su edad, y tiene un don especial para lograr que las mujeres se rindan a sus encantos.

—¿Recuerda cómo era ella? —pregunta Paula. Necesitan toda la información que puedan recabar para seguir adelante con la búsqueda.

—Morena, pelo muy corto y no se quitó las gafas de sol en ningún momento —contesta el hombre, con una seguridad tan pasmosa que no les queda más remedio que creerlo.

La descripción no dice mucho. Una mujer morena y de pelo corto. Tiene que haber cientos de miles que encajen en ese perfil, así que Javier continúa con las preguntas.

—¿Sabría decirnos qué edad tenía?

—Calculo que la misma que él, más o menos. Me parecieron un matrimonio jubilado hace poco.

—¿Algún dato más que nos pueda servir para identificarla? —pregunta el inspector.

—Estaba muy delgada y pálida, me dio la sensación de que no se encontraba muy bien, y no solo porque pidiera una infusión, sino porque iba muy abrigada. Ese día no hacía demasiado frío, por lo que me extrañó que no se quitase ni la bufanda.

—¿Y cómo sabe la edad que tenía, si no se dejó ver apenas?

A Paula el comentario le ha salido un poco borde, dejando caer que no confía mucho en las explicaciones del hombre. Javier interviene para que no eche a perder la locuacidad del camarero con uno de sus arrebatos.

—Entonces dice que le pareció de su edad…

—Sí, más o menos. Además, me fijé en sus manos. Eran manos de mujer mayor.

—¿Le dijeron algo, dónde iban, por ejemplo? —sigue preguntando el inspector.

—No. Pidieron las consumiciones y estuvieron un largo rato aquí sentados, charlando, pero no hablé con ellos más de lo imprescindible.

—Gracias —dice Paula.

Si se fían de lo que dice, la semana anterior Mario estuvo en la zona y reafirma que el empleado de la gasolinera estaba en lo cierto. Aunque despacio, continúan avanzando y eso es una buena noticia.

—No me dijeron nada, pero escuché lo que hablaban —dice el camarero.

No esperaban que el hombre siguiera hablando. Por eso, al oírlo, la cara de Paula se ilumina y se vuelve impaciente. Quiere que el hombre le cuente lo que sepa y se lo cuente ya, y a punto está de meter la pata de nuevo, pero Javier la para posándole su mano en la rodilla y dándole un suave apretón para frenar su impulso.

—¿Lo recuerda? —pregunta ella, y suena mucho más calmada de lo que está.

—Algo, sí.

—¿Qué?

A pesar de los esfuerzos, al final no se ha podido contener y su pregunta resuena con un tono más alto de lo aconsejable y una urgencia exagerada.

—Hablaron del faro de Peñas.

—¿Y eso dónde está? —pregunta Javier. Un faro tiene que estar al lado del mar, y desde allí queda bastante lejos.

—¿En Asturias, en el cabo de Peñas? —pregunta Paula.

—Sí —corrobora el camarero.

—Un millón de gracias —dice Javier—. Nos ha servido de mucha ayuda.

—No hay de qué.

Cuando el camarero se mete de nuevo en la cafetería, Paula ya se ha tomado el café de un trago. Le han entrado unas prisas tremendas por irse de allí, a buscar si hace falta en todos los faros que haya en la península, empezando por el que les acaban de mencionar. Va a levantarse, pero Javier se lo impide.

—No te aceleres, Paula.

—Pero ya sabemos que aquí no hacemos nada, que tenemos que irnos a Asturias a buscar ese faro. Nos llevan una semana de ventaja.

—Ahora mismo llamo a la comisaría para que me manden una lista de todos los alojamientos que haya cerca de ese faro. Te prometo que en cuanto la tengamos, saldremos para allá, y voy a insistirles en que revisen una por una las fichas de la gente que se ha alojado por allí, pero deberíamos volver a preguntar a todo el entorno de tu padre primero. Necesitamos saber si ha empezado otra relación. Quizá alguien sepa algo de eso.

—Se nos ha olvidado preguntarle qué coche tenían. Mi padre no trajo el suyo, pero bien pudo conducir el de ella.

Se levanta y entra en el bar para buscar al camarero, pero, por desgracia, le cuenta que en el coche no se fijó.

Capítulo 5

Han averiguado que hay casi tres horas de camino hasta el cabo de Peñas, así que Javier se pasa la comida en la cabaña intentando convencer a Paula de la conveniencia de dejar el viaje para el día siguiente. Ella lleva razón, es posible que, si fueron a Asturias la semana anterior, hayan abandonado ya el lugar, pero también existe la posibilidad de que no se hayan ido, o de que alguien recuerde a su padre y a la misteriosa mujer, y encuentren un nuevo hilo del que tirar.

—Esperaremos a mañana, no te pongas bruta.

—¡No soy bruta, estoy preocupada por él! —casi grita.

—Si quieres que te sea sincero, yo ahora estoy mucho más tranquilo.

—¿Y eso?

—¿No te das cuenta? Por lo que nos ha dicho este

hombre, da la sensación de que tu padre se ha ido porque ha querido, aunque no te haya dicho adónde. Lo más probable es que no esté desaparecido.

—¡Lo está!

—No, piénsalo, lo único que puede suceder es que no sepamos dónde está, eso no es desaparecer, es irse por voluntad propia. Hemos descartado todas las posibilidades de que haya tenido un accidente o que le haya pasado algo, y las dos personas que lo han visto no nos han contado que se encontrase en apuros, sino que parece que está de vacaciones.

—Pero no contesta mis llamadas, no contesta las de nadie. ¡No ha usado el teléfono en más de diez días!

—Porque no le dará la gana, no querrá que ni tú ni tus hermanos sepáis dónde está. ¡No me digas que tú no lo has hecho alguna vez en tu vida! ¿Nunca has esquivado la compañía de la gente sin dar explicaciones? Vamos, a mí me lo has hecho unas cuantas veces.

—¿Estamos hablando de mí? —pregunta ella, furiosa.

—Paula, relájate, no quiero discutir.

—Pues para no querer me parece que ya estamos empezando otra vez.

—Lo único que quiero que veas es que, esté donde esté y tarde los días que tarde en volver, lo hará. Parece que se ha ido con alguien y eso, en tu padre, no debería resultarte tan sorprendente.

—Pero no ha avisado. A nadie, Javier. ¡A nadie!

—Alguna vez tenía que ser la primera, además, no sabemos sus razones. Igual las tiene y son de peso. O está encantado con haberse ido y ni se ha dado cuenta de que podrías estar preocupada.

—¿Me estás diciendo que está encantado con preocuparme? ¡Lo que me faltaba por oír!

—Eso lo has dicho tú, no yo. Si las cosas siguen así, lo más sensato sería dejar esto y volver —dice Javier.

Paula, sobrepasada, lanza el tenedor en la mesa y sale de la cabaña a que le dé el aire. La agradable mañana primaveral ha cambiado y se ha levantado un molesto viento que le revuelve los cabellos tanto como el ánimo. Con la angustia danzando en su interior, se queda plantada en el pequeño porche, buscando serenidad, al menos la que haga que no estalle como ha estado a punto de hacer otra vez. Puede que Javier lleve razón; si se centran en lo que les ha dicho el camarero es más que probable que a su padre no le haya sucedido nada. Eso debería conseguir que se relaje, pero ha acabado varada en una sensación contraria. Además del paradero de Mario, ese día tiene otra historia arañándole por dentro que no consigue sacudirse. Una que le atenaza el estómago desde que vio la espalda de Javier. Por más que se repita que no es prudente, quiere preguntar por esas marcas. El viento parece susurrarle al oído que debería hacerlo y liberarse de la angustia odiosa que siente, pero se ha jurado que será fuerte. Le está costando mucho más de lo que suponía. No sirve con convencerse de que tiene que serenar la lengua, se va a acabar haciendo daño de verdad de tanto mordérsela.

En un impulso, se dirige a la salida del recinto de las cabañas. Se quiere ir y necesita hacerlo ya, continuar sola si él no está dispuesto, pero pronto se da cuenta de lo ridículo de su reacción. Ha salido descalza.

Tras unos minutos, en los que logra calmarse un poco, se da la vuelta para volver a la cabaña. Encuentra la puerta cerrada. Tira del pomo, pero no logra abrir. Lo vuelve a intentar, con más energía, pero la madera se sigue resistiendo. No entiende por qué Javier se ha encerrado por dentro y empieza a llamar, incrementando la brusquedad de los toques hasta que se convierten en un aporreo incesante. Incluso, olvidándose de sus pies desnudos, le da una patada que provoca que se retuerza de dolor. Entonces, desde la cabaña de al lado, escucha a Javier. Ha salido a buscarla y se está riendo de su despiste. Las cabañas son todas iguales y ha elegido la que está al lado, sin darse cuenta de que esa no es. Apoyado en el marco de la puerta sobre un hombro, con las manos en los bolsillos del pantalón, espera a que Paula vuelva y quiera hablar.

—¿Qué te pasa? Y no lo que has dicho antes, sino de verdad. Sé que hay algo más.

—¡Tú, me pasas tú!

Entra, esquivándole, y en mitad del pequeño salón se frena y da la vuelta, antes incluso de que a él le dé tiempo a preguntarle qué es lo que ha hecho esta vez:

—¿Qué es ella para ti?

La duda, que lleva quemándole todo el día en los labios, la suelta a bocajarro.

—Ya me parecía que estabas tardando en preguntar.

—¿Quién es? —repite Paula.

—¿Quién te ha dicho que tenga que haber alguien?

—Javier, no mientas. Lo llevas tatuado en la espalda, por si no lo sabes.

Él se gira, como si pudiera mirarse la espalda, y de pronto recuerda. Los arañazos. Son de hace unos días y no se acordaba de que los tenía hasta que ella lo menciona. Se queda unos momentos en silencio, buscando unas palabras que suavicen la situación, pero al no encontrarlas las sustituye por la verdad. Siempre es mejor ser sincero que mentir para ahorrar un dolor. En cuanto este es capaz de encontrar una luz que lo ilumine, el daño se vuelve irreparable.

—Se llama Miranda y trabaja conmigo.

—¿Y se puede saber por qué no me paraste ayer? ¿Por qué me dejaste hacer el ridículo contigo? —No hay violencia en las preguntas, sino más bien tristeza.

—¿Hacer el ridículo? ¿Eres idiota? Me encantó lo de ayer, y lo de esta mañana.

—Para pasar el rato, supongo.

—Paula, entre nosotros siempre han sido ratos. No me juzgues por querer apresarlos todos, no son tantos los que me concedes. Tú tampoco estás sola, así que no me culpes de haber hecho lo mismo que tú.

La verdad, saber, duele. Aceptarla también. Paula es la excepción de Javier y Javier la de Paula, y aunque lo que sienten sea excepcional también, los sitúa a menudo tan lejos que quizá es mejor que nunca más se concedan el intentar averiguar si podría existir un camino por el que transitar juntos. Quizá eso, el intentarlo es lo que está frenando que avancen.

—Llevas razón, como siempre.

Paula recoge los restos de la comida y ordena la ropa en su mochila. Se detiene. Puede ponerse las botas y salir a la calle a buscar a alguien que le indique cómo coger un autobús que la lleve a Asturias, como ha pensado solo unos momentos antes, pero se da cuenta de que el pueblo es tan pequeño que quizá no exista la posibilidad de salir de allí a esas horas si no es en vehículo propio. Es una idea idiota, así que se sienta en el sofá, con la mochila entre las piernas, dispuesta a esperar hasta la mañana siguiente.

Esa noche, ella ocupa el sofá y Javier la cama. Ni siquiera lo hablaron, Paula recogió una manta y una almohada de uno de los armarios y se tumbó, sin darle opción a que le ofreciera elegir un lugar donde pasar la noche. Estuvo silenciosa, tanto que a él, en más de una ocasión, le entraron ganas de iniciar una pelea que se la trajera de vuelta, que le hiciera recuperar a esa mujer con carácter que es la madre de su hija. Siempre ha preferido discutir a su indiferencia.

Cuando Javier se levanta de madrugada para beber agua, la luz de una farola que entra por la ventana le permite moverse sin necesidad de encender una lámpara y decide no hacerlo, para no despertar a Paula. Echa un vistazo al sillón, donde espera encontrarla dormida, pero no es así. Está sentada, arropada hasta el cuello con la manta, pero con los ojos bien abiertos.

—Vete a la cama —le dice—. Estarás más cómoda.

—Estoy bien aquí.

Plantado descalzo frente a ella, entiende que tienen que tener una conversación. Tal vez sea el momento de sentarse a hacerlo, ahora que quedan aún bastantes horas para que amanezca. Total, lo de dormir se le ha resistido hasta ese momento.

—Paula, tenemos que hablar —propone—. No podemos seguir toda la vida dejando las conversaciones a medias, mira cómo nos va.

—No es necesario que hablemos.

—Claro que lo es. ¿No te das cuenta del daño que te hace callar? Que nos hace, a los dos.

—Puedes volver a Madrid si quieres, yo sigo sola. Llamaré mañana para retirar la denuncia. —Cambia de tema, para evitar esa conversación que Javier le reclama.

—Voy a seguir contigo, no pienso volver ni vas a retirar la denuncia, pero antes vamos a hablar.

—¿De qué? —Levanta los ojos para mirarle, rendida a la evidencia de que ha fracasado en su intento de que la deje en paz.

—De lo que hay entre nosotros, vamos a empezar a dejarnos de silencios y de peleas —le dice mientras se agacha a su lado.

—No quiero que me cuentes nada de Miranda ni de ninguna otra.

—Pero lo vas a escuchar, porque, aunque quisiéramos dejar de vernos para siempre, no podemos. Tenemos una hija en común y vamos a seguir coincidiendo toda la vida. Evitar conversaciones o dejarlas en puntos suspensivos no conduce a ninguna parte. Tú y yo vivimos colgados de ellos, volviendo a caer siempre en lo mismo. Continuamos nuestra historia hasta que nos volvemos a atascar, pero en lugar de arreglarlo, lo dejamos correr, por si acaso se soluciona solo. Y ya has visto que no, que nunca es así. Es tiempo de aclarar las cosas entre nosotros y dejar de caminar por la cuerda floja en la que nos movemos.

—Está bien. Empieza por donde quieras.

Javier le quita un trozo de manta y se cuela debajo. En la cabaña, a esas horas, hace algo de frío. No está muy seguro de que sea muy buena idea acurrucarse a su lado, pero tienen que ser capaces de hablar ignorando sus cuerpos, que funcionan como dos imanes a poco que se acerquen el uno al otro. Hay ratos en que el magnetismo encuentra la posición adecuada y no pueden evitar acabar pegados, pero en la mayoría se aproximan por el mismo polo y una barrera invisible los mantiene a distancia. Desimantarse. Eso es lo que tienen que hacer, y solo lo van a lograr si ponen las cartas sobre la mesa.

—Quiero empezar por el principio, por el día que lo dejamos.

Una interrogación se abre paso en el rostro de Paula. Hace muchos años de eso y cree que es demasiado remontarse, pero si es lo que quiere, que empiece.

—¿Qué quieres saber de ese día?

—¡Todo! Aunque te parezca mentira, sigo sin entender qué cojones hice para que te pusieras como te pusiste, para que, después de una tarde en la que nos habíamos estado riendo, en la que lo pasamos bien, de pronto empezases a gritarme como una loca.

—¿No lo sabes?

—¡No! No tengo ni puta idea de qué pasó, Paula, y nunca lo hemos hablado. Solo sé que volviste del baño en aquel bar, me sacaste casi arrastrándome y te pusiste a chillar. Hablabas de promesas que me había cargado, pero ni siquiera me dejaste preguntar qué promesas. Mucho menos contestaste cuando te pregunté qué había hecho. ¿Recuerdas lo que me dijiste?

—No, no me acuerdo.

—Pues yo sí. Me dijiste un único «tú sabrás», que a día de hoy sigo sin saber a qué se refería. Luego saliste corriendo y, cuando logré alcanzarte, me quitaste las llaves que llevaba en la mano y las tiraste en medio de la calle. No volví a verte en meses después de aquella madrugada. Dejaste de contestar al teléfono y a mis mensajes, y cuando fui a tu casa te negaste a dejarme pasar. Solo pude hablar con tu madre y tampoco tenía ni idea de lo que te estaba ocurriendo. No sé qué pasó, Paula.

Ella se queda en silencio, recordando aquellos momentos. ¿Cómo puede no acordarse de cuál fue el pacto que rompió? Está por guardarse el reproche, pero sabe que, ya que no ha logrado esquivar la conversación pendiente, es mejor que continúen.

—La besaste. Te lo advertí, Javier, te advertí que no te acercases a ella. Y no me hiciste ni caso. Era muy importante para mí en aquel momento.

—¿A quién coño besé? —pregunta él. No recuerda ningún beso.

—A Susana.

Javier se cubre el rostro con las manos. No puede ser. ¿A Susana? ¿A la hermana de sus hermanas? ¿A la tía que más odiaba Paula en el mundo? ¿Cuándo la besó? Está seguro de que no lo ha hecho en su vida, y no es porque Susana sea fea. Más bien al contrario, es una mujer muy atractiva, y cuando era joven estaba aún más buena que ahora, pero es tonta del culo. Hace un ejercicio de memoria para recordar aquel día y sí, la chica estaba en el bar y sí, cree que la saludó. Quizá con ¿dos besos en las mejillas?

—Nunca la besé, al menos como tú supones. Claro que estaba allí y que hablé con ella, y es hasta posible que fuera amable, pero nada más. ¿Qué es lo que viste que hizo que te pusieras así?

Paula no contesta.

—¿Qué viste? —insiste él, vistiéndose el traje de inspector, en un tono que recuerda al de un interrogatorio.

Paula se enfurece consigo misma. Se enfada de pronto con dos personas que no están en la habitación con ellos y que tampoco están en su vida desde hace muchos años, porque tomaron senderos diferentes: Marta y Raquel. Sus amigas de entonces. Fueron ellas las que le contaron que, mientras había ido al baño, Javier había besado a Susana. Ella no vio nada, solo los vio hablar de forma distendida, pero las creyó cuando le contaron que su chico estaba algo más que interesado en una cordial charla con Susana. Ahora, con la perspectiva del tiempo, con la distancia y con todas las cosas que acabaron pasando entre ellas, piensa en lo estúpida que fue. Quizá no era cierto, quizá solo estaban tratando de que la relación con Javier terminase. Recuerda lo que se quejaban de que apenas encontrase tiempo para ellas porque él lo ocupaba por completo. Después de ese día lo tuvo, todo, porque acabaron su relación, pero su disponibilidad solo fue necesaria hasta que las dos encontraron novio y se olvidaron de llamar a Paula.

—No vi nada. ¡Mierda! ¡No vi nada! —Más que ante él, lo está reconociendo ante sí misma.

—Pues intenta explicarte, porque, para no ver nada, te pusiste como una fiera.

Toma aire y le cuenta, despacio, la conclusión a la que acaba de llegar. Lo que le contaron. Lo que supuso. Lo poco que se cuestionó que no fuera cierto.

—¿Ves? Deberíamos haber hablado entonces. Las cosas podrían haber sido diferentes entre nosotros.

—Supongo que ya es tarde y hasta es posible que no te hubiera creído. El pasado no se puede cambiar.

—Pero podemos intentar entender qué hicimos mal y no repetirlo en bucle.

—Por lo que veo, no fuiste tú quien hizo las cosas mal, sino yo. Siempre he sido más cabezota, rebelde, insoportable, bruta, imbécil...

—¡Para! No seas tan dura contigo misma, todos podemos meter la pata alguna vez. Pero lo que hay que hacer, en esos casos, es no emprender una huida hacia adelante, sino hablar. Si no lo haces, acaba pasando lo que nos ha pasado a nosotros, acumulamos un error detrás de otro.

—No todo ha sido tan malo.

Recuerda el día anterior y otros muchos que forman parte de lo mejor del catálogo de su vida sentimental. A pesar de las peleas eternas, de la tormenta que estalla entre ellos a la mínima. Recuerda que tienen a Valeria, que llegó sin que la esperasen y es lo mejor de su vida.

—Claro que no, y porque sé que existe ese punto donde podemos encontrarnos, nunca me he rendido contigo. Aunque mil veces haya pensado que es lo mejor, que quizá debería evitarte como haces tú conmigo.

—No voy a poder olvidarte, aunque lo intente. Llevo años así.

—No es necesario olvidar, podemos aprender a vivir sin hacernos daño.

—Podemos, seguro. Otra cosa es que quiera.

—¿Y por qué no vas a querer?—pregunta él extrañado.

—Porque no quiero sufrir y contigo siempre acabo haciéndolo.

Paula abandona el sofá y se acerca a la ventana de la cabaña. La luna llena, en esa noche de cielo despejado, se suma a la farola y dibuja nítidos los contornos del recinto, entre los que destaca la moto de Javier. A Paula le gustaría contagiarse de la serenidad del exterior. Dentro de ella hay una tormenta.

—Por eso mismo se impone una tregua, remodelar las reglas. Podemos intentar evitar lo que nos acaba dañando. Si me dices qué… —propone él, en el tono más conciliador que encuentra.

Paula se da la vuelta y le mira a los ojos. A pesar de que están a oscuras, Javier puede ver en ellos una transparencia acuosa y, a través de ellos, el esfuerzo que está haciendo por no rendirse al llanto.

—Despiertas un monstruo en mí que odio —dice Paula.

—Te pones bruta, pero no eres un monstruo —contesta él, con un tono distendido, intentando quitar hierro al asunto para que no acabe llorando. Sabe que a ella le molesta mostrarse tan débil.

—No soy yo, es una emoción que me domina por completo. Son celos.

—¿Por eso no quieres que hablemos de Miranda… o de Andrea?

—Por eso no quiero. Lo peor es que esto no lo

siento con ninguna persona más, nadie ha provocado nada parecido en mí. Ansiedad, tristeza, ira, envidia... Todo eso despierta de pronto cuando alguien se acerca a ti. Ni siquiera necesito verlo, solo con pensarlo todo explota y me supera. Y me odio porque no lo puedo controlar. No me ha pasado con ningún otro hombre.

—Así que siempre ha sido eso, estabas celosa... —sonríe.

—Pues ya ves... ¡Es divertidísimo sentir esto!

—Anda, ven.

La abraza. Porque le apetece, porque también necesita esa intimidad capaz de despejar los miedos de una patada. Ella intenta resistirse, lo único que faltaba es que vuelvan de nuevo a dejar la conversación a medias, ahora que han pillado el hilo, pero los fuertes brazos de Javier no ceden y acaba consintiendo.

—Me vas a escuchar, así, abrazados. Aunque nos cueste tener las manos quietas, vamos a lograrlo. Vas a escuchar quién es Miranda y te vas a enfrentar a lo que sientes. Ya está bien de guardarlo. ¿De acuerdo?

—No, no estoy de acuerdo, ¡suéltame!

—Te va a dar lo mismo no estar de acuerdo; ni te pienso soltar ni vas a dejar de escucharme, a menos que te quedes sorda de repente.

—Está bien, empieza.

Javier hunde la nariz en su pelo, impregnándose del aroma de Paula. A saber qué pasará después, si esta será la última vez que la tenga así, entre sus brazos. Es mejor que se guarde todas las sensaciones en la memoria, que las disfrute mientras pueda. Le acaricia la espalda y baja el tono de voz.

—Miranda es alguien que conocí en el trabajo, con quien hace tiempo mantengo una relación... Más o menos. Para mí no tiene la importancia que para ella, eso lo he descubierto estos días, contigo.

—No suena bien.

—No suena bien porque no está bien. Fue fácil empezar algo con ella, entre otras cosas porque no me grita a cada rato. —Baja la mirada para enfrentarla con la de Paula y ambos esbozan una sonrisa—. Pero no funciona. Me preguntaste por qué no te frené ayer.

—¿Por qué no lo hiciste?

—Porque ella se ha podido ganar un lugar en mi tiempo, en mi cama o en mi vida, pero hay un sitio donde no tiene acceso… y es mi corazón. Ese es tuyo desde hace mucho.

Sigue fija en sus ojos, tragando saliva para que el nudo que se ha hecho en su garganta deje un poco de espacio al aire y no se ahogue.

—Créeme, he intentado echarte de allí un montón de veces, pero como okupa eres un crack. No hay manera. Por mucho que me haya esforzado, es tu sitio. Estás ahí y cuando apareces fulminas todo lo demás. No eres la única que está encadenada a un sentimiento que no entiende demasiado bien. Por más que he intentado pasar la página de esta historia, regresas y se vuelve sola. Justo donde la dejamos la última vez.

—Yo tampoco consigo olvidarte.

—No es sencillo olvidar cuando te sientes así. En el momento en el que entendí que no había manera, solo se me ocurrió una cosa: aprender a vivir con ello. Sé que en cuanto estemos solos, en cuanto te toque, todo lo que haya logrado construir con otra persona se va a ir a la mierda, pero no quiero quedarme esperando eternamente. Nunca sé cuánto tiempo va a pasar desde que desapareces hasta que se te ocurre volver. Por mucho que tú y yo vivamos una historia intermitente, los días y la vida van pasando y no me resigno a no vivir nada por el camino.

—Me he portado mal contigo. Siempre. Debería ser suficiente motivo para que saliera de aquí.

Apoya el rostro sobre su pecho, en parte para que entienda de dónde y también para que no vea que al final han ganado las lágrimas, que se le escapan ya sin control.

—¿Sabes? Si te quedases, si no salieras corriendo, creo que aprenderías a no portarte así.

Al escuchar las palabras de Javier se le hace un nudo en la garganta. Trata de tragar saliva, pero le cuesta. Es donde quiere estar, a su lado, eso lo sabe, igual que sabe lo bien que se le da convertir en difícil lo sencillo. Le mira y, arropada por la complicidad de esa noche, le devuelve una confesión.

—Significas para mí mucho más que cualquier persona…

—Menos Valeria…

—Menos Valeria. Los dos, mi hija y tú sois lo que más quiero. Y mira que me jode reconocerlo delante de ti.

—¿Que quieres a Valeria?

—¡Idiota! Que te quiero a ti. Tanto que duele.

La mirada de Paula busca los labios de Javier. Se muere de sed, necesita la calma que solo logra cuando él la besa. Él, consciente de que se arriesga, cede y deposita un beso suave en la frente de Paula. Los ojos de ella suplican de nuevo y esta vez quien recibe el premio es la nariz. Uno solo. Una leve caricia que provoca que todas las terminaciones nerviosas de ambos se vuelvan locas. Pero, aunque Paula no quiere que se controlen, Javier ha decidido que esa noche tienen que comportarse. Tienen que cerrar todas las historias pendientes antes de abrir un nuevo capítulo.

—Solo uno… —suplica Paula, que muere por un beso.

—Solo uno y te vas a dormir. Mañana nos espera un viaje y no quiero perderte por el camino.

Y, aunque les cuesta un mundo contenerse, es solo uno. Paula se va a la cama y Javier ocupa el sillón. De muy mala gana y con una incomodidad entre las piernas con la que le va a costar conciliar el sueño.

Capítulo 6

Una palabra deja caer una casa
Anónimo

El día soleado que amaneció se ha quedado en tierras sanabresas, al otro lado de la cordillera Cantábrica. Son las cuatro de la tarde y en Asturias, este viernes, el sol parece que se ha tomado el día libre y se oculta tras un espeso manto de nubes grises que se pierden en el horizonte, fundiéndose con el mar. Ha llovido hace poco y los charcos salpican la carretera. Y hace mucho frío. Por primera vez desde que salieron de Madrid, Paula agradece ir forrada hasta las orejas. Hoy no se le va a ocurrir protestar por el mono ni por las botas. Ni por tener que llevar el abrigo encima.

Tras más de tres horas a lomos de la moto, por fin se encuentran a los pies del faro. Está a escasos metros del mar, rodeado por una verja. El sitio es de visita obligada y está preparado para recibir a los turistas: un aparcamiento y una zona verde con mesas y sillas de madera, perfectas para tomar un refrigerio después de un paseo, aunque hoy no sea el mejor día para ello. Dejan la moto junto a otros vehículos y se acercan a la construcción por un camino de madera. En la planta baja del edificio anexo está el Museo del Medio Marino de Peñas. No han ido para una visita cultural, pero quizá encuentren a alguien que pueda hablarles de Mario. Una vez dentro, tardan poco en recorrer la exposición, que recoge fauna marina y restos de naufragios en la zona. No es extraño, lo accidentado del relieve costero da para que en su lecho haya fragmentos de embarcaciones hundidas, quién sabe si desde hace siglos. Para mil historias trágicas e, incluso, para alguna leyenda marinera o una novela histórica ambientada en la zona. Sin embargo, después del breve recorrido, abandonan el museo sin que nadie haya sido capaz de darles noticia alguna sobre el padre de Paula.

El faro está en la parte trasera de la enorme casa de tres plantas, y destaca sobre él la linterna, recorrida por una doble balaustrada. Tres ventanas se suceden en altura por el cuerpo de la torre, que tiene planta poligonal. Han leído que lleva en pie desde el siglo XIX, al borde de imponentes acantilados y bellas ensenadas de difícil acceso desde tierra. Durante mucho tiempo ha sido el salvavidas de los marinos, la luz que les permitía orientarse para no acercarse a la peligrosa orilla, plagada de traicioneras rocas.

Hoy han llegado hasta él buscando algo de luz, pero la que allí encuentran se empecina en no servirles de guía.

Continúan caminando por los senderos delimitados por troncos de madera y se acercan todo lo que pueden a los acantilados. Da vértigo asomarse desde los cien metros que lo separan del agua, sobre todo en un día como hoy en el que el viento sopla con fuerza y las olas rompen con violencia sobre las rocas, dejando a su paso espuma y en el aire el aliento del mar, su voz embravecida, que les recuerda quién es el dueño y señor de ese paisaje. Las gaviotas sobrevuelan los pequeños islotes y Paula se siente pequeña ante tanta inmensidad. Tan perdida como lo está en la búsqueda de su padre.

Se da cuenta de que la pista que les ha traído hasta aquí es bastante endeble, unas simples palabras cazadas al vuelo por un camarero que quién sabe si se referían al destino que ha tomado Mario. Aunque esta imponente naturaleza hubiera sido testigo de su visita, no van a poder bombardearla a preguntas ni obtendrán respuesta alguna. Es absurdo preguntarle al viento y Javier lo hace con Paula.

—¿Sabes si tu padre tiene lazos con este lugar?

—No tengo ni idea —contesta, sincera.

—¿Nunca habías estado aquí con él?

—En Asturias sí, pero no aquí. Al menos no, que yo recuerde.

Paula se apoya en la barandilla de madera con ambas manos y cierra los ojos un momento. El viento revuelve los cabellos que se han escapado de su coleta y trata de poner un mechón detrás de la oreja, pero es tarea inútil. Al segundo, otra ráfaga de aire deshace su esfuerzo y la despeina de nuevo, como un niño caprichoso jugando con ella. Permanece pensativa. Asturias. Hace siglos de la última visita, en realidad era algo más pequeña que Valeria cuando pasó unas vacaciones allí. Con Mario y su segunda mujer. Con Ángel. Los gemelos aún no habían nacido, lo recuerda. Se ve, muy niña, jugando en el patio de una casa, cubierto de verde. Recuerda que era verano y que pasó todos los días medio enfadada porque no hacía el mismo calor que en Madrid y no se podía quitar la chaqueta en ningún momento.

Un recuerdo provoca que empiece a dibujarse una sonrisa en sus labios y, casi sin darse cuenta, suelta una carcajada.

—Me estaba acordando de una cosa que pasó en ese viaje —le dice a Javier, que la está mirando extrañado.

—¿Divertida?

—A mí sí me hizo gracia —dice, soltando una espontánea carcajada.

—¿Y a quién no?

—A tu querido amigo Ángel.

Javier cree que conoce al dedillo todas las anécdotas de su amigo, pero así, de sopetón, no se acuerda de ninguna que tenga como escenario tierras del norte. Es posible que él la haya perdido en la memoria, a veces los niños almacenan recuerdos que parecen imposibles y olvidan cosas que hacían todos los días. Puede que Paula recuerde algo que se le haya olvidado a Ángel y le pide que se lo cuente.

—En la casa de los padres de Silvia había una cuadra con animales —dice ella—. Un cerdo, unas cuantas ovejas, gallinas que estaban por allí sueltas y que ponían los huevos donde les venía en gana… Y había una vaca. Se llamaba Adelina.

—¿Tenía nombre la vaca?

—En realidad no estoy muy segura de que ese fuera el nombre de la vaca o el de una señora mayor que venía todas las mañanas a ordeñarla y que limpiaba la cuadra.

La carcajada de Javier anima a Paula a continuar con la historia.

—El caso es que Adelina...

—¿La vaca o la señora?

—La vaca. Adelina se pasaba casi todo el día suelta por el patio. Iba donde le daba la gana y al principio yo tenía pánico, porque me parecía que era un toro que en cualquier momento se iba a lanzar a correr detrás de mí y me iba a pillar. Me asustaban mucho sus cuernos y su inmenso tamaño. Yo me veía diminuta a su lado.

—¿Cuántos años tenías?

—Cinco o seis, calculo. El caso es que, a los pocos días, viendo que no hacía nada, Ángel y yo empezamos a perder el miedo a andar por el patio. El muy chulito, al principio decía que no le asustaba, pero estaba más cagado que yo y estoy segura de que lo de quedarse conmigo para que no tuviera miedo no era más que una excusa para ocultar el suyo. Como acabamos viendo que Adelina era un cachito de pan, perdimos los temores y se nos llegó a olvidar que estaba por allí mientras jugábamos. La empezamos a ignorar y volvimos a salir al patio, mientras ella pastaba tan feliz. Era un encanto de animal.

—Seguro que para cuando acabasen las vacaciones te la querías llevar para Madrid, lo estoy viendo —le dice él, burlón.

—¡Qué chispa tienes algunas veces! —Hace una pausa teatral que dura unos instantes, antes de añadir—: ¡No cabía en el coche!

Esta vez Javier se ríe con más ganas, porque no le extraña nada el comentario. Valeria es igual que Paula. Todo bicho viviente con el que tropieza le despierta una enorme ternura y se lo quiere llevar con ella como sea. Llevarla a una tienda de mascotas es garantía de que saldrá llorando. O con un periquito, una tortuga, un pez o cualquier animalito que haya servido para convencerla de que el piso en el que viven no es el mejor lugar para un animal más grande.

—El caso es que nos pusimos a jugar al escondite. Se la quedaba él y yo me tenía que esconder. Como ya llevábamos un buen rato jugando y los escondites cercanos los habíamos usado todos, decidimos que tenía que contar hasta quinientos para que me diera tiempo a buscar otro más lejos.

—¿Pero sabía contar hasta quinientos? Mira que siempre ha sido un poco bruto…

—Pues ahora que lo dices, igual no sabía, éramos muy pequeños. Ángel se apoyó con el brazo en uno de los pilares que sujetaban el hórreo y se tapó los ojos para empezar a contar. Yo salí zumbando hasta la parte de detrás de la casa, pero me quedé en una esquina desde donde podía asomarme y vigilar qué hacía. Y entonces entró en escena Adelina. Se acercó con parsimonia, y supongo que con sigilo porque él no se dio ni cuenta, y se acomodó muy cerca de donde estaba Ángel.

—Y se dio un susto de cojones al darse la vuelta, cuando dejó de contar —termina el inspector.

—No.

—Ah, pues entonces asustó a la pobre Adelina, que perdió la parsimonia de pronto y le dio el primer revolcón de su vida. Mira que yo pensaba que había sido con María José en el colegio, y resulta que fue Adelina…

—¡Tampoco! —Paula se está riendo, imaginando las hipótesis que plantea Javier.

—¡Cuenta! Esto se lo voy a contar en cuanto le vea. En venganza a las veces que me recuerda episodios bochornosos de mi pasado.

—Adelina levantó la cola y se alivió encima de la espalda de Ángel.

—Define aliviar.

No puede dejar de reír.

—Pues que primero salió un chorro de pis que aquello parecía una fuente de caño gordo y después vinieron otra serie de residuos.

Ella también se ríe, recordando que Ángel no fue capaz de mover un músculo, paralizado por el asco que le produjo la dulce Adelina.

—¿Y no le ayudaste? ¡Vaya amiga! No sé ni cómo te ha vuelto a hablar desde entonces…

—¡Claro que ayudé! ¿Por quién me tomas? Me fui muerta de risa a avisar a mi padre para que lo rescatase.

—Se va a cagar él en el próximo cumpleaños que se arranque con las anécdotas que me dejan como un idiota.

Continúan un rato riéndose, hasta que Javier le recuerda que tendrán que irse. Aún no saben dónde van a pasar la noche.

Ambos, aunque saben que se tienen que marchar, no han empezado a moverse, todavía con la sonrisa puesta. Están recordando la anécdota que ha contado Paula, y cada uno está decidiendo dónde ponerla. A Javier, desde luego, solo se le ocurre en un primerísimo plano. Le gusta ser un poco capullo con su amigo, en venganza por las veces que es al contrario. Está pensando que le tiene que agradecer a Paula haberle puesto en bandeja una nueva forma de martirizarlo que está dispuesto a poner en marcha en cuanto le vea.

Paula, en cambio, se ha trasladado a esos días de su niñez en compañía de su padre, su segunda mujer y el hijo de esta. Fue muy feliz en aquella época. Le gusta Silvia desde siempre y en Ángel, el hijo que ella tenía cuando se casó con su padre, encontró un compañero de juegos de su edad. Le entusiasmaba pasar tiempo con ellos y jamás sintió que fuera un sacrificio dejar a su madre el tiempo que su padre tenía reguladas las visitas. Se lo pasaba bien. No puede decir lo mismo de lo que sucedió cuando Mario se casó por tercera vez. No soportaba tener que hacer la maleta y pasar el fin de semana en esa familia nueva, en la que nunca encajó. Ni siquiera cuando nacieron sus hermanas pequeñas, primero Loreto y después Cayetana, que lograban sacarla de quicio siempre. Tampoco ayudaba que la tercera mujer de su padre tuviera una hija de su edad, Susana, porque con ella jamás tuvo complicidad alguna. Más bien era un odio visceral entre ambas, que se dedicaron a avivar y que, en algún momento, pilló en medio a Javier.

No sabe qué hace acordándose de Susana ahora. Mejor borrarla y concentrarse en olvidar el maldito día en el que creyó lo que le contaron sus amigas sobre Javier y ella. Lo que hizo que tuvieran ese primer tropezón del que todavía no se han recuperado.

Decide que no es el momento de convocar idiotas y vuelve a Silvia y a Mario, a las vacaciones en familia. A los juegos. A esa finca donde había un hórreo, una casa vieja y animales en la cuadra. Donde se integró hasta tal punto que a los padres de Silvia siempre los llamó abuelos.

Paula danza por los recuerdos felices, por un tiempo que cuando lo rememora siempre lleva enganchada la palabra felicidad y una idea empieza a dar vueltas por su cabeza. De pronto, recuerda algo que le pasó hace unos meses a lo que no prestó atención y cambia de expresión. Javier, que la está mirando, le pregunta en qué está pensando. Hace un momento se estaban riendo a carcajadas, no entiende qué ha pasado por su cabeza para que de pronto se haya puesto tan seria.

—Tengo que llamar a mis hermanos —dice, sin darle más explicaciones.

Se aleja un poco, dejándole parado frente a la barandilla que hace de barrera para que ningún viajero incauto se acerque demasiado al borde del acantilado y acabe rodando por él y estampándose con las rocas de la escarpada orilla. Observa a Paula buscar en la agenda, esperar inquieta a que al otro lado del teléfono que ha marcado conteste alguien. No está a mucha distancia, así que escucha a la perfección la pregunta.

—Edu, ¿dónde está tu madre?

¿Silvia? ¿Por qué ha pensado Paula que necesita saber dónde está Silvia? Se lo va a tener que explicar, porque él, desde luego, no lo entiende. Paula apenas habla con su hermano, enseguida cuelga y vuelve a su lado.

—¿Qué pasa?

—¡Joder, joder, joder! —gruñe.

—¿Qué pasa, Paula?

—Ya sé dónde están.

Javier empieza a comprender que ese plural incluye a alguien más que a Mario, y que ella está pensando en la madre de su amigo Ángel y los hermanos de Paula.

—¿Crees que está con Silvia?

—Tiene que estar con Silvia, en la casa de los abuelos, estoy segura, pero te juro que le voy a matar por los días que me ha hecho pasar.

—¿Te lo ha confirmado Eduardo?

—No, no sabe nada de él, pero ella les dijo que venía a pasar unos días aquí.

—Puede ser una deducción tuya, Paula, el que tu padre esté con Silvia. No creo que haya nada que indique que estás en lo cierto.

—Yo creo que sí.

—¿Ha hablado Eduardo con su madre? —pregunta.

—Silvia no tiene móvil y en el pueblo no tiene teléfono. Debe ser la única persona en el país que se va de casa sin móvil.

—Entonces seguimos como estábamos, sin tener ni idea de dónde está tu padre y, mucho menos, si está con ella. Yo, al menos, lo dudo.

Algo no cuadra en la cabeza de Javier. Conoce a Silvia desde que era pequeño y, aunque no es descabellado del todo que pudiera estar con Mario, la descripción del camarero no se corresponde con ella en absoluto, así que no entiende por qué Paula está tan segura de lo que dice. A él no le encaja nada. Ni a martillazos. Si no está equivocado, Silvia siempre ha lucido una larga cabellera y, aunque es cierto que tendrá más o menos la edad de Mario, siempre ha parecido diez años menor. No se ajusta a la mujer mayor, de manos arrugadas, de la que les habló el camarero.

—¿Por qué? —pregunta Paula.

—La descripción que nos dieron no es la de Silvia —le dice, convencido.

—¿Cuánto hace que no la ves? —le pregunta ella.

—No lo sé, cuatro, cinco meses como mucho.

—Por eso piensas que no es ella, porque no la has visto. Yo sí… ¡Mierda!

Paula no para, pasea de un lado a otro, nerviosa como nunca, más alterada incluso que cuando se cabrea con él. No parece ira lo que está haciendo que deambule sin rumbo trazando unos círculos erráticos en la tierra. Javier quiere saber qué es lo que ha pensado para que le haya cambiado el humor. Él, que suele ser la causa de ello, sabe que esta vez no ha hecho nada en absoluto. Lo que sea que la está poniendo histérica va ganando la batalla. Empieza a tener problemas para respirar y se sienta en el suelo sin ninguna ceremonia, dándole un buen susto.

—¡Paula! —grita, mientras echa a correr hacia ella.

El ataque de ansiedad les ha pillado por sorpresa a los dos. El inspector no tiene ni puñetera idea de qué lo ha provocado y tampoco sabe cómo ayudarla. Se agacha a su lado y le pasa un brazo por los hombros, intentando calmarla. Paula está sudando y el día que hace no es para ello, ni siquiera las capas de ropa que lleva lo justifican. Tiembla, le cuesta respirar y se ha puesto las manos sobre el pecho. Las aprieta, luchando contra el fuerte dolor que siente. Javier le susurra que se relaje, la anima a que respire y, sobre todo, no deja de recordarle que no está sola. La ayuda a quitarse el abrigo y le desabrocha el mono para que respire mejor. Sigue hablándole al oído con palabras suaves y le acaricia el pelo. Poco a poco, Paula logra serenarse. Quizá han sido solo diez minutos, pero se les han hecho eternos.

—¿Qué pasa, Paula? ¿Qué ocurre con Silvia? —le pregunta.

Paula se levanta, aunque las piernas le tiemblan tanto que apenas se sostiene sobre ellas, así que él la ayuda a llegar a la barandilla para que se apoye. Tiemblan también sus palabras al hablar, pero lo logra, imponiendo su voz al vendaval que sopla en el cabo de Peñas.

—Me encontré a Silvia hace más o menos tres meses en el hospital. —Pausa el discurso para tomar aliento—. Tenía que hacerme una revisión ginecológica y coincidimos en la sala de espera. La verdad es que me alegré mucho, porque hacía tiempo que no nos veíamos, y estuve charlando con ella. Le pregunté qué hacía ahí y le quitó importancia, también me dijo que era una revisión rutinaria. Me olvidé del tema hasta que, mes y medio después, Valeria pasó un día con ella. Era su cumpleaños y me pidió que fuera, pero… tenía un viaje ese fin de semana y le dije que no podía. Mi padre llevó a la niña. Sabes que ellos se llevan bien, que aunque se separaran siempre han mantenido una relación muy buena. Incluso mejor que con mi madre.

—Silvia es muy especial, no hace falta que me

cuentes lo fácil que es llevarse bien con ella —dice Javier. Sigue a su lado, con el brazo en sus hombros, para que se sienta arropada y pueda continuar hablando.

—Mi padre no me contó nada particular cuando volví del viaje, me dijo que lo habían pasado bien y punto. Pero Valeria sí.

—¿Qué te dijo?

—Que no le gustaba que la abuela Silvia se hubiera cortado tanto el pelo.

Le mira y en sus ojos hay tanta preocupación que Javier no entiende, que enseguida se apresura a quitarle hierro al asunto.

—Paula, que pienses que está con Silvia y que ella se haya cortado el pelo no es para que te dé un ataque de ansiedad. Creía que era algo grave.

—No me dijo solo eso —dice ella—. Me contó que estaba rara, que apenas se levantó de la silla y sabes lo activa que ha sido siempre.

—Tendría un mal día.

—Eso mismo pensé yo, hasta ahora mismo. Javier, la consulta de ginecología está al lado de la de oncología. Comparten sala de espera. La niña vio cómo se tomaba unas pastillas y le preguntó qué le pasaba. Silvia le contestó que no se preocupase, que las personas mayores a veces se ponían malitas, aunque fuera su cumpleaños. Y que por eso tenían que celebrarlo a lo grande, porque cuando te haces mayor, cada vez quedan menos cumpleaños. Valeria me preguntó cuántos cumpleaños le quedaban a Silvia y me reí de ella, pensé que era una ocurrencia de niña. Pero ahora…

—¿Crees que está enferma? ¿Crees que…?

Javier no se atreve a pronunciar lo que ha pensado, que intuye que es lo mismo que Paula. No se atreve a nombrar la enfermedad que se acaba de poner en primer plano en las mentes de los dos.

—¿No te ha dicho nada Ángel? —pregunta ella.

—No, nada. Y se ha ido de viaje a Japón con Ana. Creo que si su madre estuviera enferma, tan enferma como estás suponiendo, ni se le habría ocurrido. Tiene que ser otra cosa.

—Edu me acaba de decir que hace unos días les dijo que se venía a la casa de los abuelos, para recuperarse de la tos que tiene. ¿Y si no es un catarro? ¿Y si lo que le dijo a Valeria fuera una manera de empezar a despedirse?

—Todo esto lo estás deduciendo, puede que estés equivocada, Paula. Puede que lo que suceda es que se estén dando una oportunidad y solo estuviera acatarrada. No sería tan raro. Silvia y tu padre me recuerdan a dos que conozco.

—¿Y para qué se iba a cortar el pelo?

—¡Porque le diera la gana! ¿No te has cortado tú alguna vez el pelo porque sí? Relájate, seguro que esto que te acaba de pasar es producto de la tensión que acumulas. Ya verás como al final nos acabaremos riendo.

—Eso espero.

Momentos después, Javier decide llamar a Ángel. Lo mejor es que se dejen de hipótesis tontas y la única manera es preguntar. Lo tiene claro. Suponer nunca conduce a nada bueno. Mientras caminan de vuelta hacia la moto, marca el teléfono de su amigo y, cuando contesta, hablan primero del viaje, impacientando más a Paula. Ella no se aguanta y pregunta por qué demonios no va directo al grano. Como constata que sigue entretenido en cuestiones triviales, le hace un gesto para que espabile.

—Oye, Ángel —le dice—. Paula cree que su padre puede estar en Asturias, con tu madre. Le ha dicho Eduardo que ella ha venido aquí.

—¿Aquí? ¿Estáis en Asturias? —pregunta Ángel, que no acaba de entender.

—Sí. ¿Sabes algo?

—¿Que si sé algo? ¿Mi madre está en Asturias?

Javier se está poniendo nervioso. O Ángel es tonto, que no lo descarta, o el viaje a Japón y el *jet lag* por el cambio horario lo tienen trastornado.

—En casa de tus abuelos —dice, con toda la paciencia que logra reunir.

—¿En casa de mis abuelos? A ver, a ver..., espera, que me estoy perdiendo.

—Perdido has estado toda la vida, pero también estás muy tonto. ¿Quieres dejar de repetir lo que te digo? —Javier se está impacientando con la absurda conversación con Ángel.

—Vale, pero es que no entiendo nada.

—Es muy sencillo, creo que solo te he dicho dos cosas. Una: quizá Mario, al que no sé si te lo han dicho, llevamos buscando unos días, esté con tu madre. Dos: es probable que se encuentren en Asturias, en casa de tus abuelos.

—¡Imposible!

La respuesta de Ángel es tan tajante que Javier le expone enseguida lo que él piensa del tema.

—Bueno, a mí también me parece que Paula ha sacado conclusiones demasiado rápido, pero imposible, imposible, no sería. Tu madre y Mario…

—No, si no lo digo por eso. No me extrañaría un pimiento que acabaran volviendo, pero es imposible que esté con él en Asturias en casa de mis abuelos.

Mira a Paula, que está escuchando la conversación conteniendo el aliento. No hace falta que ponga el manos libres, ella casi ha pegado la oreja al móvil de Javier y se está enterando de la conversación palabra por palabra.

—¿Por qué cojones estás tan seguro? —pregunta el inspector.

—¡Coño! Porque no puede ser. ¿Está segura Paula de que Eduardo le ha dicho eso?

—¿Qué te ha dicho Edu? —pregunta Javier a Paula.

—¡Que estaba en casa de los abuelos! —dice ella, casi gritando, por lo que Ángel la escucha.

—¡Es que la casa de mis abuelos está en Lugo! —añade Ángel.

Paula y sus deducciones. Cuando ha colgado a Ángel ella le ha intentado dar toda clase de explicaciones. Que era muy pequeña. Que Galicia y Asturias tienen hórreos. Que era todo verde y la gente hablaba con un acento que se parece, o a ella se lo parece. Que la pista les ha llevado hasta Asturias y que por eso quizá para ella encajaba a la perfección que pudieran estar allí. Javier no se las ha pedido, pero está tan abochornada, tan avergonzada por ser tan histérica, que las va soltando sin hacer ninguna pausa, provocando que él se ría y ella se ponga cada vez más nerviosa.

—¿Tú estás segura de que la vaca se llamaba Adelina? —le pregunta, cuando por fin le deja meter baza en el monólogo.

—¡Eres tonto!

Antes de colgar, Javier se ha ocupado de anotar en un papel la dirección que le da Ángel de la casa de los abuelos, en Lugo, Galicia. No Asturias. Le ha preguntado a su amigo por la salud de Silvia, y este le ha dicho que es cierto lo que le han dicho sus hermanos, que hace tiempo que tiene tos. Pero ninguno tiene constancia de que le pase nada más grave.

De camino a Luarca, que es donde deciden hacer noche, Javier se va riendo mientras conduce la moto. Paula es impulsiva. Deduce sin tener todos los datos y así le va. Una y otra vez se estampa contra muros que ella misma construye. Son muy pocas las veces que recapacita y se da cuenta de que es mejor pararse a hablar que salir corriendo con su verdad, que puede que no sea más que una visión distorsionada de la realidad. Hoy, por lo menos, se ha disculpado y eso ya es un paso. Ha empezado por reconocer un error.

Capítulo 7

Cría recuerdos y se te humedecerán los ojos
Anónimo

Luarca los recibe a media tarde entre una fina llovizna. A la villa marinera, asentada sobre unas antiguas marismas, la recorre el río Negro, el de los siete puentes, hasta que sus aguas reposan lánguidas en el mar Cantábrico. Al llegar a ella, es fácil imaginarla como escenario de leyendas antiguas en las que el mar, de un modo u otro, se alza con el protagonismo. No en vano, lo que más llama la atención es el puerto pesquero, abarrotado a la hora que llegan. Está salpicado de pequeñas y coloridas embarcaciones y parece envuelto por el abrazo de las casas de los dos barrios que lo rodean.

Aparcan la moto en el paseo del Muelle y estiran las piernas en un recorrido breve, antes de buscar un lugar donde pasar esa noche. A Paula le hace falta que le dé un poco el aire después del susto y caminar por sus cuestas la ayudará a despejarse. Así, despacio, recorren callejuelas empedradas, que parecen guardar secretos del pasado, de otra forma de vivir que poco a poco se va diluyendo en el olvido. Les llaman la atención los restos de conchas de moluscos incrustados en el pavimento de algunos callejones y los tejados de pizarra cubiertos por un manto vegetal. Parecen jardines colgantes, salvajes y hermosos, como lo es esta villa.

El tren de vía estrecha anuncia su presencia con el sonido de la locomotora arrastrando los vagones sobre el viaducto y atrae sus miradas. Forma parte de la estampa de este bello lugar del que les gustaría disfrutar con calma durante un tiempo que no tienen. Necesitan solo un sitio donde comer algo y dormir. Solo están aquí de paso.

Eligen el primer hotel que les parece aceptable, en el mismo paseo del Muelle, y tras dejar el ligero equipaje con el que viajan, preguntan por un lugar donde saciar el apetito. No han comido desde que salieron de Zamora y en la autovía solo pararon a tomar un refrigerio, por lo que las tripas de Javier llevan un buen rato quejándose del abandono. A Paula, sin embargo, las emociones le han cerrado el estómago. Si por ella fuera, se habrían marchado directos a la aldea y así poder continuar con la búsqueda de su padre, pero Javier le ha dicho que se olvide de eso, que Ángel le ha advertido que si no encuentran la casa de los abuelos, no tendrán la posibilidad de alojarse en ninguna otra parte. Es mejor así, que hagan noche en Luarca y retomen el camino por la mañana. Pero Paula no piensa igual. Aunque las pistas que han seguido indiquen que Mario no se encuentra en peligro, sigue con la inquietud instalada en su cuerpo y necesita que aprovechen cada minuto. Cede, porque en el fondo sabe que Javier lleva razón, pero le cuesta un mundo encontrar la manera de no angustiarse por la espera.

A última hora de la tarde, un poco antes de cenar, Javier hace otra llamada a Escudero. Esta vez su compañero no tiene datos nuevos y es Javier quien le comenta lo que cree que han averiguado. Le dice dónde irán y que es probable que al día siguiente no tenga cobertura, que no se preocupe si no se pone en contacto con la comisaría.

Javier y Paula deciden cenar en un pequeño restaurante. Cuando salen de él, después de una breve charla telefónica con Valeria, Paula vuelve a la rutina de llamar a su padre, pero el móvil continúa apagado.

—Ya creo que lo que pasa es que me esquiva —le dice a Javier, ya en la calle, de camino al hotel.

—¿Ya estamos deduciendo? —pregunta él, preocupado.

—¿Y entonces? ¿Por qué lleva días sin contestar? Si quieres que empiece a pensar que no le ha pasado nada, lo único que se me ocurre es que no quiera hablar conmigo.

—¿Pero no hemos quedado en que en casa de Silvia no hay cobertura? Vamos, seguro que no pasa nada, que está sucediendo cualquier tontería y tú lo has convertido en un mundo.

—¡Claro! ¡Paula, la histérica! —gruñe.

—Paula la que no sabe frenarse —se defiende él—. Deberías al menos esperar a mañana, cuando nos encontremos con Silvia. Quizá sea una tontería o quizá lleves razón y está allí, enfadado contigo por cualquier cosa y por eso no te ha llamado. Pero espera también para empezar a preocuparte. Te lo estoy diciendo en serio, no es bueno que sigas con la actitud que tienes.

Paula se queda en silencio, sopesando lo que él trata de decirle y, aunque piensa que es cierto, que es posible que su inquietud sea excesiva, el caso es que la siente y no puede deshacerse de ella. Las emociones superan a Paula y le cuesta tanto gestionarlas que parece que en lugar de tener treinta años siga siendo una adolescente de hormonas alborotadas, prisionera de ellas. Trata de serenarse, repitiéndose que debe empezar a hacer caso, debe impedir a su cerebro que saque conclusiones hasta que todos los datos estén encima de la mesa, porque, de otro modo, no hará nada más que sufrir sin motivo.

Cuando están casi llegando, el teléfono de Javier empieza a sonar. Él mete la mano distraído en el bolsillo y lo saca, mirando el nombre de quien está buscándole en la pantalla. El leve suspiro que suelta no pasa desapercibido a Paula. Duda unos instantes. Tiene que contestar, aunque no sea lo que más le apetece en esos momentos.

—Buenas noches, Miranda.

Paula no necesita escuchar más para convocar fantasmas. Durante las últimas horas había logrado olvidarse de la policía que está saliendo con Javier. Haya pasado lo que haya pasado entre los dos en esos días, la relación entre Javier y Miranda sigue ahí, es un presente que no puede ignorar aunque trate de hacerlo. Le mira un momento, intentando parecer más calmada de lo que está, y enseguida le dice, en un susurro, para que desde el otro lado de la línea no se escuchen sus palabras:

—Me voy a la habitación. Te dejo la puerta entreabierta.

Él decide charlar en la calle. Mientras Paula recorre los metros que los separan de la entrada del establecimiento, Javier inicia la conversación con Miranda. Ella le echa en cara que no hayan hablado en toda la tarde. Está preocupada y no por Mario. Sabe que el vínculo entre Paula y él no termina en la niña, y no le hace ninguna gracia este viaje que se han montado. Aunque hasta ese momento, en los meses que llevan juntos, él se ha mantenido a distancia, sospecha que tantos días viajando tienen que haber acabado en alguna discusión. Y, lo que en realidad la tiene más inquieta, en una reconciliación posterior que a ella la sitúa en una posición algo más que incómoda. Da vueltas a las palabras, intentando encontrar las adecuadas para llevar la charla a ese punto, pero a Javier no le apetece ahora. No es el momento ni el lugar, y tampoco el medio más adecuado para tener la conversación que tienen que tener.

—Al volver tenemos que hablar —le dice él, cuando logra encontrar un punto medio para que Miranda abandone el circunloquio. Sus palabras no suenan nada halagüeñas en los oídos de ella.

—No hará falta, ya sé lo que me vas a decir —contesta, seca. Demasiado seca.

—Es mejor que hablemos esto en persona, Miranda, no por teléfono.

—¡Qué más da! —explota—. Sé a lo que te refieres, me has contado demasiadas veces lo que pasa cuando estáis juntos. ¿O me vas a seguir diciendo que esta vez habéis hecho una excepción? Porque no te voy a creer, Javier, estás muy raro.

—Miranda…

—No necesito que te inventes algo o que suavices la situación. Pero quiero que escuches una cosa: eres imbécil. Parece que no has crecido. Ella hace contigo lo que quiere y tú la dejas. Todas las veces.

—En todo caso, lo que haga o no es problema mío —se defiende él.

—En este caso, también es mi problema. ¿Dónde me sitúas a mí? ¿Qué he sido para ti?

—Nunca te mentí, sabes que Paula siempre está en mi vida. De una manera un poco particular, pero está.

—Pues ya es hora de tomar una decisión —le dice Miranda—. O la tienes contigo o la dejas de una vez, pero no te quedes a medias porque no es bueno. Ni para ti, ni para la persona que crea que puede empezar una historia contigo. Puedes hacer mucho daño.

Miranda cuelga. No le deja ni siquiera la opción de despedirse y Javier casi lo agradece porque lo último que tiene son ganas de empezar a discutir. Al reemprender la marcha, una gota de agua le humedece la nariz. Vuelve a llover, pero cada vez con más fuerza. Le siguen otras, que van ocupando posiciones por el rostro, el pelo y la cazadora, pero Javier no siente el impulso de correr hacia la puerta del hotel. Camina despacio, empapándose poco a poco. Intuye que cuando entre en la habitación, Paula tampoco estará muy contenta. No podrá contarle que ha zanjado las cosas con Miranda, porque en realidad no lo ha hecho, pero no debería preocuparse tanto, porque ella está en la misma situación con su novio, con Andrea. Aunque Paula nunca lo mencione, él sabe que existe y no tiene constancia de que lo hayan dejado. Ninguno de los dos está siendo del todo sincero en esos días.

Son idiotas. Van salvando el río de la vida, saltando sobre una hilera de piedras, que son los puntos suspensivos de su historia. Deberían, de una vez, montarse en un barco y seguir adelante, olvidarse de equilibrios que los hacen caer al agua y acabar empapados, justo como él está ahora. Tomar la decisión de vivir esa historia con todas las consecuencias o darla por finalizada de manera definitiva.

Cuando atraviesa la puerta entreabierta de la habitación, Paula está dormida. O, al menos, tiene los ojos cerrados y no da signos de haber detectado su presencia. Tiene que darse una ducha, está mojado.

Lluvia. Mar. Viento. El eco del agua golpeando los cristales, el mar embravecido, cuyas rugientes olas rompen sobre el muelle del puerto balanceando de manera peligrosa los barcos amarrados, y el viento han unido sus voces más fieras durante la noche. Sus lúgubres lamentos han recorrido las calles de Luarca, las curvas del río Negro y hasta la vía del ferrocarril. No ha sido una noche tranquila, ni siquiera para Paula y Javier, aunque la hayan pasado en la habitación, protegidos de la naturaleza.

Ninguno de los dos ha dormido apenas, pero no se lo cuentan. Ahora, en el desayuno compartido en una cafetería próxima al puerto de Luarca, disimulan, como lo han hecho durante toda la noche. Han permanecido la mayoría de las horas con los ojos abiertos, muy quietos, espiando la respiración del otro, al que daban la espalda. Han dormido en la misma cama, pero cada uno en una esquina, poniendo cuidado en no tocarse.

Lo único de lo que se permiten charlar en la cafetería es de la ausencia de noticias desde la comisaría y de los planes para las próximas horas. Móvil en mano consultan la distancia que hay desde Luarca hasta la pequeña aldea donde está la casa de los padres de Silvia y el mejor trayecto para llegar. La calma en la que se mantienen es solo aparente, porque por dentro los dos están ansiosos por poner en claro qué es eso que tienen ahora.

Javier sabe que la conversación de la noche anterior supone haberle dado un portazo en las narices a lo que compartían, aunque no haya cerrado la historia con Miranda del todo, pero no entiende tampoco dónde está con Paula. Hasta la semana anterior estaba seguro de que ella había conseguido encauzar su vida sentimental. Hacía muchos meses que, a pesar de que se habían visto, no habían tenido uno de sus encontronazos, esos que acaban siempre enredándolos de nuevo, y eso le hizo pensar que ella podría haberse olvidado de lo que fueron en favor de su novio italiano. Pero la noche en la cabaña, la pasión entre los dos, la entrega de ese día, lo que sintieron, le deja demasiadas dudas. Fue real. Tan intenso que no debería dejar espacio para nadie más.

La mira mientras ella está sumergida en la pantalla del teléfono, concentrada en los mapas. O, tal vez, en sus propios pensamientos, que no difieren demasiado de los de Javier. Paula tampoco sospecha dónde los arrastrarán estos días. Cada vez que entre ellos se vuelve a abrir una brecha, siente más miedo, porque intuye que nadie puede aguantar demasiado tiempo navegando en la indecisión. Él se cansará de sus estallidos y dejará de tener paciencia con su mal humor y sus celos. Ella se hartará de ironías y hará lo mismo.

Por eso, quizá, ninguno aborda lo que circula por su mente. Mejor concentrarse en el motivo real del viaje y dejar lo personal para cuando logren solucionar el enigma del paradero de Mario. Mejor dejar las cosas como están y que el tiempo que les quede juntos no sea una batalla campal. Suficiente tienen con la tormenta mental, que es casi tan fuerte como la que ha dejado su impronta en Luarca durante la noche.

La casa de los abuelos de Ángel está entre Vilacampa y O Valadouro, en Lugo. Desde Luarca, tardan más o menos una hora en llegar a la zona, pero, una vez allí, Javier se ve obligado a detener la moto en la carretera, al pie de uno de los caminos que conducen hasta las casas dispersas. Ángel le ha dicho que es sencillo encontrarla, pero él, parado en medio de una carretera secundaria, no lo tiene tan claro. Las explicaciones del hijo de Silvia parecían precisas, pero sobre el terreno, la cosa se complica. Tampoco hay nadie a quien preguntar, así que le pide a Paula que llame a Ángel, para que vuelva a explicarles por dónde tienen que ir.

No hay cobertura.

—No va a quedar más remedio que ir probando los caminos —le dice.

—¿De uno en uno?

—No, claro, voy a poner la función de sobrevolar que lleva esta moto y tendremos una vista de pájaro precisa.

—¡Eres anormal!

—Pues claro que de uno en uno, Paula, no tengo ni idea de por dónde tirar y tu memoria…, después de lo de ayer, creo que me fío poco de ella. Porque seguro que no te acuerdas de cómo llegaste hasta aquí, ¿no? —dice, medio enfadado.

—Pues no, era una niña pequeña y ha pasado un siglo desde eso.

El tono de disculpa que usa ella, hace que Javier modere su entonación.

—No te preocupes, lo entiendo, venerable anciana.

—Deja de decir idioteces y tira. Necesito con urgencia que lleguemos pronto a la casa de Silvia.

—Vas a tener que esperar, puede llevarnos todo el día encontrar la casa con la mierda de instrucciones que me dio Ángel. Tienes que aprender a ser más paciente…

—No es impaciencia —se queja ella—. Es que me estoy haciendo pis desde hace un buen rato.

Javier suelta una carcajada y para la moto, invitando a Paula a que se baje.

—¿Para qué? —pregunta ella.

—¡Para qué va a ser! ¿No te estás haciendo pis?

—¡Ni de coña! —le dice ella, adivinando que la está instando a que busque un lugar discreto entre la vegetación de ambos lados de la carretera.

—Paula, aquí no hay ni Dios, es una tontería que lo estés pasando mal. Irás más relajada.

—¡He dicho que no!

—Tú misma.

Vuelve a arrancar, acelera y toma por el primero de los caminos que encuentran. Después de unas cuantas curvas descubren una edificación, una casa tradicional gallega que parece que lleva siglos deshabitada, a juzgar por el tamaño de las hierbas que crecen en la entrada. Da la vuelta y vuelve a la carretera para buscar otra senda en la que repetir la operación. Antes de llegar a la tercera casa, recibe un manotazo de Paula y detiene la moto. Se sube la visera del casco y gira la cabeza para preguntarle qué le pasa.

—Vale, ya no puedo más. Voy.

Paula se baja de la moto, mientras él aprovecha para chequear si en esa zona hay cobertura, pero están igual. Aislados en medio de un paisaje verde, rodeados de vegetación exuberante, pero sin ver un alma. Paula se interna entre los árboles, salvando una valla que los delimita y los separa de la carretera. En realidad son unos postes de madera medio carcomidos por el tiempo, con unos alambres que los conectan. No resulta difícil rebasarlos, y tampoco elegir un lugar donde aliviarse, aunque primero tiene que pisotear un poco las plantas para hacerse un hueco y que no le hagan cosquillas en el trasero. Bajarse el mono es un espectáculo. Hay que sujetarlo para que no se moje, pero tiene tantas ganas que se las arregla para subsanar el inconveniente. Mientras se deshace de la urgencia, se va relajando poco a poco. Muy poco a poco, porque el haber aguantado tanto, provoca que ahora le cueste más empujar el líquido fuera de su organismo. Se le está haciendo eterno. La incomodidad del lugar, el tener que agarrar el mono y el que aquello no parezca tener fin, la están poniendo muy nerviosa. Intenta acelerar, pero no puede ir más rápido. De pronto, escucha el ruido de vegetación moviéndose a su espalda.

—¿Javier?

Nadie contesta a su pregunta. Escucha con atención, pero ahora no se oye nada. Puede que haya sido el viento o que se lo haya figurado, o que ella misma haya movido las hierbas sin darse cuenta. Tiene tanta prisa por irse de allí, que es posible que la imaginación le esté jugando una mala pasada. Sigue a lo suyo. Pero no, instantes después, está segura de que ha vuelto a escuchar lo mismo.

—¡Deja de hacer el idiota! —grita, pensando que es Javier—. Se va a enterar este imbécil, no es momento de bromitas.

Quiere dar por finalizada la operación, pero su cuerpo necesita algo más de tiempo para completarla. El ruido, cada vez más cercano, la ha puesto en alerta y gira la cabeza hacia donde le parece que procede. Se queda muda, pálida y paralizada. Una enorme vaca la está mirando con sus grandes ojos, mientras rumia la hierba que tiene en la boca. Paula no sabe qué hacer, ni siquiera puede gritar para pedirle ayuda a Javier, todos los músculos de su cuerpo parecen haberse agarrotado a la vez, menos la vejiga. La puñetera sigue a lo suyo, expulsando líquido con una parsimonia desquiciante. Intenta parar, pero no lo consigue, como tampoco acelerar el ritmo. La vaca sigue ahí, plantada detrás de ella, curioseando mientras el corazón de Paula galopa a tal velocidad que cree que se le va a salir del pecho.

Por fin, aquello se detiene. Ella se calma y busca la manera de moverse despacio, pero no va a ser sencillo. Tiene los pantalones bajados, el mono medio quitado, sujetado entre los brazos y los ojos de la vaca pegados a su espalda. Se tiene que mover, pero no es capaz de pensar en cómo hacerlo y que el animal no sienta el impulso de ir tras ella.

—¿Paula?

A Javier le extraña que tarde tanto, así que deja la moto apoyada en el soporte y se adentra en el bosque por el mismo lugar que ha hecho ella. Camina solo unos pasos hasta encontrarse el espectáculo: una Paula paralizada, mostrándole el culo a una vaca que está comiendo hierba tan tranquila a su espalda. Suelta una carcajada y a Paula a punto está de darle un ataque al corazón. Piensa que con la risa alentará al animal a arrancarse en una carrera y, si no fuera porque es incapaz de moverse, le daría un bofetón a Javier por su imprudencia. O una patada en los huevos, no está muy segura.

—Vamos, no tenemos todo el día.

¡Y lo dice tan tranquilo, como si no pasara nada! Hay un bicho de quinientos kilos, por lo menos, con unos cuernos enormes, pegado a su culo y él la insta a que se levante y salga de allí con semejante barullo de ropas. ¡Es tonto perdido!

—No puedo moverme —le dice.

—Claro que puedes, te espero en la moto.

Hace amago de irse y ahora es ella la que le llama de una voz. ¿Cómo se atreve a dejarla en semejante tesitura?

—¿Quieres ayudarme? ¡Espántala! —le dice, muerta de miedo.

—No va a hacerte nada, venga, vístete y vamos.

—¡Y una mierda que no va a hacerme nada! ¡Tú qué sabes!

—Le va a resultar difícil correr detrás de ti.

—¡Como que voy a poder correr yo! —gruñe ella.

—Lleva un ternero colgado de las tetas.

Paula se gira y de pronto ve a la cría, pegada a las ubres de la madre que el pánico le ha hecho ignorar hasta que se lo ha señalado Javier. No se fía del todo, pero se queda más tranquila y, con todo el sigilo que puede, se empieza a vestir. En cuanto lo tiene todo más o menos colocado, antes incluso de abrocharse la cremallera del mono, sale zumbando, rebasando a Javier. Atraviesa los alambres, aunque no se libra de un enganchón por las prisas, y se sube a la moto, maldiciendo una vez más por no haber traído un coche donde sentirse más segura. Javier regresa riéndose.

—¿Qué tal tu reencuentro con Adelina? —le pregunta.

—¡Anormal!

Mejor que se calle, porque como haga cualquier comentario seguro que de una colleja no se libra.

Tras casi dos horas de vueltas, encuentran al final de uno de los caminos una verja que delimita el terreno que ocupan una casa, los campos aledaños y el hórreo, ahora en desuso. Los recuerdos de Paula vuelven en tropel: es esa, es el lugar que mantiene en su memoria desde que era una niña, aunque en ella se haya desdibujado la ubicación exacta y haya sido capaz de confundir Asturias con Galicia. Dejan la moto y se acercan al portón de entrada, cerrado en esos momentos, pero desde el que se ve, en el patio, el coche de Silvia. Al menos están seguros de haber acertado y, lo que es mejor, quizá la mujer esté dentro de la casa porque desde ella, andando, no es sencillo llegar a ninguna parte. No localizan un timbre al que llamar, así que se animan a abrir la puerta, que no les pone ningún impedimento. No está cerrada con llave.

En el patio, hierba natural crece en una mezcla anárquica de especies. Recién segada, esparce un olor fresco que inunda el ambiente. Van cubriendo los pasos que los separan de la casa principal, dejando el hórreo a la derecha, y suben los escalones que dan acceso a la antigua vivienda de piedra. Tampoco allí hay timbre y tienen que llamar con los nudillos. Javier se anima con unos golpes suaves que no encuentran respuesta. Lo vuelve a intentar, con más energía, pero tampoco sucede nada. Se quedan escuchando unos segundos, por si pueden detectar actividad dentro y, cuando Paula ha decidido pegar la nariz al pequeño cristal de la puerta e intentar husmear en el interior, una voz los sorprende a la espalda.

—Hola.

Se dan la vuelta al escuchar la voz de Silvia, que viene cargada con unos troncos. La mujer estaba al otro lado del patio y ha escuchado la moto. Como no espera a nadie, ha pensado que el vehículo sería alguien de paso y ha seguido seleccionando maderos hasta que los ha visto atravesar el patio. Vestidos de moteros ha tardado un poco en reconocerlos, pero en un momento dado, Paula ha girado el rostro para mirar a Javier y ha sabido que era ella. Silvia se ha quedado perpleja al verla, pero no más que cuando ha reconocido a Javier como su acompañante.

—¿Qué hacéis los dos aquí?

Paula baja las escaleras corriendo y le da un abrazo. Como si no se hubieran visto desde hace décadas. Silvia, desconcertada pero feliz, suelta la leña y la abraza también, pero dura un segundo, porque enseguida Paula se suelta y la agarra por los hombros.

—¿Dónde está mi padre?

Espera una respuesta, no la cara de perplejidad de Silvia, que no entiende por qué le está preguntando por Mario. Tarda un poco en contestar y el rostro de Paula, a medida que van transcurriendo los segundos, se ensombrece.

—No lo sé. ¿Por qué estáis buscando aquí a Mario?

Paula la suelta y se cruza de brazos, intentando no ponerse a llorar. Deseaba con todas sus fuerzas que su padre estuviera allí, con Silvia, y que los días de angustia hubieran concluido. Le iba a echar una buena bronca por irse sin avisar, pero enseguida le daría el abrazo más grande del mundo.

—¿Qué ha pasado con Mario? —pregunta Silvia.

—¿No te lo han dicho los chicos? —le dice Javier, aludiendo a sus hijos.

—No he hablado con ellos desde que me vine, aquí no hay teléfono y saben que si no me sucede algo grave, no me comunicaré con ellos. Venid, entremos en la casa y me explicáis más despacio qué está pasando. Aquí hace algo de frío.

Los tres se encaminan hacia el interior y, durante el trayecto, mientras Silvia pregunta a Javier por los detalles que les han llevado hasta allí, Paula se pregunta para sí dónde demonios está Mario. ¿Qué clase de deducciones han hecho para acabar en una aldea de Lugo donde tampoco saben nada de él? ¿Y si ella estaba en lo cierto y le ha pasado algo en las inmediaciones del lago de Sanabria? ¿Deberían volver allí? Una detrás de otra, las preguntas martillean su cerebro. Están en el mismo punto que hace una semana.

Peor, porque empieza a estar mucho más cansada.

La piedra exterior del edificio y los remates de madera de castaño llevan siglo y medio aguantando la lluvia y el frío, pero la restauración a la que fue sometida la casa hace unos años consigue que apenas se le note el paso del tiempo. Tal vez en los escalones de la entrada, tallados de una pieza, que están curvados en el centro por el uso, pero su aspecto es magnífico. Los gruesos muros la mantienen fresca en verano y para caldearla en invierno es suficiente con las dos chimeneas, la de la cocina y la del salón, modernas, con una puerta de cristal que impide que huela demasiado a humo. Están encendidas, añadiendo calidez al caserón, digno de una revista de decoración.

El interior es espectacular. La piedra vista de las paredes le da un aspecto antiguo en los pasillos y las habitaciones, pero, al entrar en la cocina, parecen encontrarse en una moderna casa de ciudad. Incluso ha desaparecido el antiguo horno, y se ha sustituido por una cocina de inducción y muebles de diseño. Silvia quiso respetar la esencia de la casa de sus padres, pero sin renunciar a que en ella se pudiera vivir con comodidad. Por eso la cocina y los baños se apartan del todo de lo que cabría esperar.

La mujer les ofrece un café mientras está pensando qué va a improvisar para que coman. Ha decidido, sin preguntar, que van a acompañarla y se quedarán con ella al menos hasta el día siguiente. No solo es por hospitalidad, sino que también quiere que le cuenten con detalle qué está pasando con Mario y cómo es que han aterrizado en su casa buscándolo. Mientras maneja una cafetera exprés, encastrada en uno de los armarios, empieza a hacer preguntas. Las primeras explicaciones de Javier la han dejado más preocupada si cabe. Ellos se han quitado las ropas de abrigo y están sentados en la pequeña mesa redonda del rincón, cerca del ventanal de la terraza, que ofrece una amplia vista del campo. Javier acaricia la espalda de Paula, en un gesto cariñoso que no pasa desapercibido a Silvia.

—¿Qué pasa con Mario? —insiste la mujer, mientras acerca el primer café a la mesa y se marcha a preparar el segundo.

—Lleva desaparecido casi dos semanas —dice Paula.

—¿Dos semanas?

En la cara de Silvia se dibuja un gesto de sincera preocupación.

—Sí. Nadie sabe nada de él, su coche está en casa y no ha estado en ningún hospital ni se ha registrado en un hotel que sepamos. No contesta al teléfono, no ha mandado mensajes desde hace un montón de días y nos hemos hartado de preguntar a todo el mundo —contesta Paula.

—¿Y por qué habéis pensado que estaba conmigo? —Silvia tose, después de hacer la pregunta.

—Seguimos las pocas pistas que hemos podido encontrar y nos han traído aquí. Bueno, al menos nuestras deducciones, pero, por lo que veo, son una catástrofe —contesta Paula, mirando a Javier.

—¿Tú no has estado con él en el lago de Sanabria? —pregunta Javier a Silvia.

—No he ido al lago desde hace siglos —dice ella, mientras pone delante de ellos los cafés que faltaban. La insistente tos sigue molestando su discurso.

—Nos dijeron que le habían visto con una mujer de pelo corto y me pareció que podrías ser tú.

—No era yo, cariño —dice Silvia, sentándose a su lado y tomándole una mano.

Paula se fija en que las suyas no están tan arrugadas como decía el señor del restaurante y tampoco tiene mal color. Confirma que no puede ser la mujer que estuvo con él.

—Pero te has cortado el pelo…

—Sí, y no tienes idea de lo que me arrepiento. Pensaba que un cambio me vendría bien, y la verdad es que cuando salí de la peluquería no me disgustaba, pero soy incapaz de mantenerlo bien peinado.

—¿No te lo has cortado por ninguna otra razón? —pregunta Paula, con miedo.

—Pues no, pura estupidez.

—¿Y tú por qué has venido aquí sola? —pregunta Javier.

—Hace semanas que tengo bronquitis. La contaminación de Madrid me lo estaba poniendo complicado para recuperarme, así que decidí escaparme aquí hace un par de semanas. Ahora estoy mucho mejor, el aire limpio me sienta de maravilla.

Nada más decirlo, la interrumpe un nuevo acceso de tos, que cesa enseguida.

—Esto no es nada —les dice, al ver sus caras de preocupación—. Os aseguro que hubo unos días en los que fui incapaz de mantener una conversación mínima. Los antibióticos están haciendo su efecto y creo que en unos días podré volver. Pero no es importante...

—¿No te pasa nada más? —pregunta Paula, preocupada por lo que dedujo mientras estaban en el cabo de Peñas.

—No, ¿qué me iba a pasar?

—Nada —ataja Javier, antes de que a Paula se le ocurra contarle que había pensado hasta que se estaba muriendo—. Paula está muy preocupada por Mario y ahora se está preocupando también por ti.

—¿Le habéis preguntado a Patricia y a tu madre? —dice Silvia, hablando de dos de las ex de Mario—. Bueno, y a la cuarta, que nunca me acuerdo de cómo se llamaba...

—Si te sirve de consuelo, yo tampoco me acuerdo —añade Paula—. Ni me molesté en aprendérmelo, ya se veía que aquello no iba a durar.

—No saben nada —dice Javier, intentando que no se desvíen de la conversación—. Tampoco sus hijos, ni sus colegas del trabajo. Parece que se lo ha tragado la tierra.

La tos no deja a Silvia preguntar de inmediato, y les pide perdón mientras se pone una servilleta delante de la boca.

—Aquí no ha estado, y mira que lo siento, porque os noto cansados. Os vendría bien que apareciera. Las ojeras que tenéis no son normales. Es necesario que descanséis. —No dicen nada, así que Silvia sigue hablando—. Os quedáis, ¿verdad?

—No podemos. —Paula ha sido rápida. No pueden quedarse en una casa que no tiene teléfono fijo ni cobertura. ¿Y si Mario aparece de pronto y no se enteran?

—Claro que podemos. Además, no sabemos dónde buscarlo —dice Javier—. Será mejor que nos quedemos, nos hemos perdido de día para llegar aquí, así que si se hace de noche nos veo pasándola entre los árboles y creo que no te haría mucha gracia encontrarte de nuevo con Adelina.

Paula sonríe un poco, acordándose de la vaca. Silvia, ajena a sus divagaciones internas, sin recordar quién demonios es Adelina, solo acierta a ver la complicidad entre los dos. Sin embargo, la expresión de Paula enseguida cambia y vuelve a entristecerse. Mario no está y ella necesita que aparezca. No cree poder resistir mucho más tiempo este carrusel de emociones en el que lleva subida las dos últimas semanas. El pensar que lo encontrarían, creer de nuevo, le habían hecho relajarse un poco y concebir esperanzas. No le gusta lo que siente ahora, el encontrarse frente a un muro de nuevo, en otro punto muerto. Por un momento, piensa que así puede estar su padre, muerto, tirado en cualquier lugar, solo, perdido o quién sabe si comido por los gusanos. Otra vez los pensamientos le juegan una mala pasada y comprometen su respiración, pero Javier está atento y la obliga a serenarse antes de que la cosa se complique. Apoya su frente en la de Paula y le habla con palabras suaves mientras no deja de acariciarle la espalda. Esta vez no es un ataque, es un amago, más leve que el día anterior, pero va a tener que aprender a controlar sus pensamientos si no quiere que esto se convierta en algo recurrente en su vida.

Cuando terminan los cafés, Silvia les pide que la acompañen y ambos la siguen hasta una de las habitaciones de invitados para que dejen el equipaje. Está en la buhardilla, una zona que antes de la reforma se utilizaba de trastero, y la ocupa por completo. Tiene una gran cama de matrimonio apoyada en una de las paredes laterales de la casa, que recibe la luz de dos tragaluces instalados en el tejado. Al frente, una ventana con las cortinas descorridas deja ver un paisaje donde el verde de los prados se funde con el azul del cielo. En uno de los lados han instalado el baño, con una ducha, un lavabo y el inodoro, y la única separación del resto de la estancia es un pequeño murete que tapa este último, dotándolo de cierta intimidad.

—Podéis dormir aquí —les dice.

—Yo me puedo quedar en el salón, con un sofá me basta —dice Paula.

—Ah, no. Tú dormirás aquí —contesta Silvia—. Tienes que descansar y el sofá no es el mejor sitio. Unas cuantas horas de sueño harán que te encuentres mucho mejor y que pienses con más tranquilidad.

—Me voy yo —se ofrece Javier.

—Tú estás igual. Os quedáis los dos y no se hable más. A ver si voy a tener que empezar a ponerme seria con vosotros, como cuando erais pequeños. Voy a preparar la comida, enseguida estará. Os espero abajo.

Hace el amago de abandonar la habitación, pero decide que hay algo que no les ha dicho y se vuelve.

—Conmigo no hace falta que disimuléis.

—¿Qué es lo que no hace falta que disimulemos? —pregunta Paula.

—Vamos, cariño —dice Silvia, volviéndose hacia ella y poniéndole una mano en el hombro—. Os conozco a los dos y no estoy ciega. Llevo un buen rato viendo cómo os apoyáis el uno en el otro y soy lo bastante mayor como para imaginar el resto. En realidad, llevo siglos esperando a que os decidáis a dejar de comportaros como si tuvierais veinte años y hoy, por fin, lo parece. No lo estropeéis con tontos disimulos, conmigo no hace falta. Creo que está llegando el momento de que empecéis a ser adultos y asumáis lo que todos a vuestro alrededor sabemos. Os vendría bien a los tres, a vosotros y a Valeria. No sé por qué la niña tiene que crecer con unos padres que se quieren tanto, pero que se dedican a discutir en cuanto se tienen enfrente. No es justo para ella. Entiendo vuestra preocupación por Mario, porque ahora yo también estoy preocupada y sé que las cargas se alivian cuando se comparten. En realidad la casa tiene más habitaciones libres y si no os las he ofrecido es porque creo que es mejor que estéis juntos.

Se marcha tosiendo, dejándolos en medio de la habitación, con las mochilas en la mano, sin saber qué decir.

Se lo tenían que haber imaginado. Silvia los conoce como si fueran sus propios hijos.

Pocos minutos después Paula baja a la cocina, mientras Javier sale fuera de la casa. Ambos se han cambiado de ropa y Paula le ha pedido a Silvia permiso para lavar algunas prendas. Es tan poca la ropa que llevan en las mochilas que se hace necesario aprovechar la ocasión para dejarla lista para ser usada. Por eso está trasteando con la lavadora, cuyo panel de mandos es digno de una nave espacial de las que lanza la NASA en misiones de exploración a Marte. Está convencida de que es incluso más sofisticado que el sistema de navegación de las sondas Voyager que se enviaron al espacio a finales de los años setenta. Va dando a los botones de manera aleatoria y se encienden lucecitas que señalan las distintas funciones de lavado, todas con veinte opciones más que tiene que combinar para obtener el deseado. La lavadora incluso incorpora un visor que señala el tiempo que dura el lavado. O eso cree, porque, ahora que se fija mejor, lo que marca es la hora. ¿Hace falta que la lavadora te dé la hora? ¿Pero de verdad lavar tiene que ser tan complicado? Al final se harta y está a punto de apretar el único botón que le ha quedado claro, el de encendido, y que sea lo que Dios quiera. Como si lava a doscientos grados y los calcetines salen tamaño Barbie.

—¿Has puesto el jabón? —le pregunta Silvia, desde el otro lado de la cocina.

Pues no, no lo ha puesto, ha estado tan entretenida intentando descifrar el galimatías sin dar un grito de desesperación, que ni se ha acordado de preguntarle a Silvia dónde lo tiene.

—Espera, Paula.

La mujer saca una pastilla monodosis, una toallita de las que impiden que se mezclen los colores en el lavado y las mete en el bombo. Pulsa una combinación de botones con la misma elegancia que si estuviera tocando un piano, selecciona también una posición en la ruleta central y, cuando lo tiene todo, aprieta el botón de encendido. La lavadora se despierta y comienza su tarea, mientras Paula la mira con cara de tonta.

—¿Cómo lo has hecho? Yo no lograba aclararme.

—Ni yo, por eso siempre pongo el mismo programa y que lave como le dé la gana. No te preocupes, lo hace bien. La toallita la meto por si acaso, me ha salvado de más de un estropicio.

—Me siento cada vez más idiota con los electrodomésticos. Hace un par de meses se me rompió el microondas y tardé días en aprender a seleccionar el tiempo en el nuevo. Lo de descongelar con él, aún no lo he descubierto. Y de la tele, ni te hablo. Como Valeria encienda la consola y se le olvide cambiarlo al «modo tele» estoy perdida —le dice.

—Los humanos somos seres extraños. Intentando mejorar las cosas, acabamos complicándolas hasta el infinito.

No sabe por qué, pero el comentario a Paula no le parece que lo esté haciendo por la lavadora. Se acuerda de lo que les ha dicho en la habitación y deduce que quiere que le hable de ello, pero Javier entra en ese momento y decide que es mejor que deje la pregunta para cuando estén las dos solas. Él viene de guardar la moto en el patio, bajo un pequeño techado en el que se amontona la leña. Silvia le ha pedido que le suba unos troncos y a él le ha faltado tiempo para ponerse con la tarea.

—¿Dónde dejo la leña, Silvia?

—Al lado de la chimenea del salón —dice, mientras coloca el mantel sobre la mesa—. ¿Os apetece tomar vino en la comida? Es de aquí, elaborado de manera artesanal. De las viñas de un vecino.

—Sí, yo quiero probarlo —dice Javier—. Dejo esto y te ayudo a poner la mesa.

—Yo también me apunto.

El menú incluye una ensalada tibia de rúcula con queso de cabra, tomates y huevo duro, que prepara en un momento, y bacalao con tomate. Silvia siempre ha cocinado solo los fines de semana. Su jornada de trabajo empezaba a las siete de la mañana y no llegaba a casa hasta las tres de la tarde, así que el sábado y el domingo solía dedicarlos a preparar comida para, a diario, sacar las raciones del congelador. La costumbre ha hecho que, ahora que está sola, que sus tres hijos han crecido y se han marchado de casa, no sea capaz de adaptarse a cocinar cada día y tampoco calcule bien las cantidades. Sigue cocinando para cuatro y, en días como ese, se alegra de ello, porque no le ha costado nada encontrar algo que poner para sus invitados sin volverse loca entre fogones.

Durante la comida, la ponen al día de los datos que manejan sobre la desaparición de Mario. No hay mucho. Desde el domingo de hace dos semanas, nadie lo ha visto y la única pista del todo fiable es que envió un mensaje desde la estación de servicio de Benavente. A partir de ahí, lo demás es humo.

—Es hasta probable que el empleado de la gasolinera lo confundiera con otra persona —dice Javier.

—¿Por qué estuvisteis tan seguros de que era él en ese momento? —pregunta Silvia, mientras sirve un poco más de vino en las copas de los tres.

—Dijo que se acordaba de un hombre que había comprado Chupa Chups —contesta Paula, y enseguida se da cuenta de lo ridículo que resulta que creyera a pies juntillas que se trataba de Mario—. No sé cómo me pudo parecer que era él solo por eso.

—No fue solo eso, Paula —dice Javier—. Vio la foto y estaba tan seguro de que era él que yo también lo creí.

—Está claro que pudo equivocarse.

—Pero también encontrasteis otra pista más adelante, alguien que os aseguró que estaba con una mujer que pensabais que era yo… —Tose.

—Pudo ser otro error —dice Javier—. Le preguntamos a mucha gente y, aunque nadie lo haya visto, siempre hay alguien que cree que sí. Por pura sugestión, suele pasar.

—Hemos estado dando vueltas para nada. Perdiendo el tiempo.

El mal trago lo pasa Paula con un poco de vino. Es suave y va a tener que recordarse que no es agua, si no quiere agarrar una borrachera a media tarde. O quizá sea mejor que siga con él y llegue a un punto de atontamiento que haga que consiga relajarse de una vez. No está cómoda en la casa y no tiene nada que ver con Silvia, sino con la maldita cobertura. Valeria habrá llegado del colegio y no ha hablado con la niña, ni con su madre. Solo falta que ellas también empiecen a preocuparse. Se lo expone a sus compañeros de mesa, pero enseguida Silvia le quita importancia.

—Tus hermanos saben que estás aquí y que no hay cobertura, tu madre no se va a preocupar y no creo que la niña se traumatice por no hablar contigo un día.

Y si se empieza a preocupar, piensa que será a ellos a quien primero pregunte. Tienes que relajarte, Paula, estás muy tensa.

—¿Cómo estaríais vosotros? —pregunta, enfadada.

—Preocupados, claro que sí, también lo estamos —dice Silvia, conciliadora—, pero no sirve de nada que te tortures con hipótesis negativas que van a acabar dándote un disgusto.

—¡No puedo cruzarme de brazos!

—Pero tampoco estás arreglando nada así. Me parece que tenéis que volver y esperar en casa a que haya noticias.

Aunque le cueste admitirlo, Paula sabe que Silvia tiene razón. Igual que sabe que el viaje, para lo único que está sirviendo, es para complicar sus sentimientos. Hacía un año que se había mantenido a distancia de Javier y creía que empezaba a tomar un camino de serenidad. Ha bastado que estuvieran a solas para que se diera cuenta de que no es cierto. Todo lo que creía haber avanzado para alejarlo de su vida se volatilizó en cuanto le puso una mano encima. ¿Por qué tiene que ser tan débil cuando se trata de él? Sospecha que en cuanto regresen tendrá que esforzarse también por volver a apartarlo de sus pensamientos. No puede dejar de pensar que lo que están viviendo estos días no es más que una tregua porque ninguno de los dos está solo.

—Paula —dice Silvia—, creo que deberías descansar un poco. Tienes unas ojeras inmensas. Seguro que te hará bien. Sube a la habitación, nosotros recogemos esto.

Ella no se niega. Está segura de que no va a ser capaz de dormir, pero no le apetece conversar.

Solo cuando Paula no puede verla, mientras está metiendo los platos en el lavavajillas, a Silvia se le escapan dos lágrimas. Ella también está muy preocupada por Mario.

Le costó dormirse, pero al final han sido dos horas y media de siesta, tras las cuales Paula se despierta un poco atontada. Le cuesta ubicarse, en los últimos días ha ido saltando de cama en cama y por eso necesita unos instantes para recolocar su cerebro y saber dónde está. Qué día es. En qué lugar se ha despertado. A qué hora. Se queda un rato tumbada, desprendiéndose del sopor que la invade. Al final, el vino ha resultado ser un excelente somnífero, pero le ha dejado la boca pastosa y un leve dolor de cabeza. Comprueba la hora y la escasa luz que entra por las ventanas y decide que no le dará tiempo a dar un pequeño paseo por los alrededores para que le dé el aire y se le pase el atontamiento. Con parsimonia, se levanta y se pone las botas. Desde la buhardilla escucha el sonido del televisor en la planta baja; es allí donde deben estar Silvia y Javier.

Baja los escalones despacio, contándolos en silencio, una manía absurda que tiene desde niña, de la que nunca ha logrado deshacerse. Contar escalones y no pisar en las rayas de las baldosas cuando camina pensativa por una acera. No entiende por qué lo hace, porque ha comprobado que no pasa nada si lo evita, pero cada vez que se descuida, una vocecita interior la empuja a seguir el ritual. Cuando llega abajo, cruza el pasillo mirando al frente, obligándose a no dirigir la vista al suelo. Entra en el salón, donde Silvia se entretiene haciendo un gorro con un telar circular y Javier dormita en el sillón de orejas.

—Está tan cansado como tú —dice Silvia bajito, mientras deja de lado la labor y la invita a sentarse a su lado.

Paula obedece y, antes de darse cuenta, Silvia la acoge entre sus brazos, como si aún fuera pequeña.

—Mañana nos marcharemos a Madrid, creo que llevas razón, Silvia. Será mejor que esperemos noticias allí. Al final esto no ha servido de nada.

—Todos los pasos que damos en la vida, hasta los que pensamos que han sido errores de libro, sirven para algo. Quizá ahora mismo no te des cuenta, pero llegará el momento en el que sí.

—¿Tú crees? —pregunta ella.

—Estoy segura —dice, mirando de reojo a Javier—. A lo mejor buscar a Mario te está ayudando a encontrarte a ti misma.

—No lo creo.

—Es hora de hablar, de sentarse y escuchar. Y no me estoy refiriendo a escuchar a los demás. A escucharte a ti misma. Deberías dejar de taparte los oídos como si fueras una cría y empezar a dejarte guiar un poco por lo que sientes.

Paula, que sabe que se refiere a Javier porque no ha dejado de mirarlo en todo el tiempo, se pone un dedo delante de los labios, para que no siga por ese camino. No quiere que se despierte y las escuche hablar. Silvia no sabe que en la vida de Javier hay otra persona, seguro que alguien que no es una neurótica que estalla a la mínima o que se dedica a contar los escalones que sube y baja.

—No está solo —le dice al oído, buscando un argumento para escaparse del rumbo que está tomando la conversación.

—¿Y quién te asegura que está mejor que si estuviera contigo? —contesta ella, en un susurro muy cerca del oído de Paula que es imposible que Javier escuche.

Se la lleva a la cocina, para que puedan hablar con un poco más de libertad. Una vez allí, Silvia pone agua en una tetera a calentar. Le apetece tomar un té. Saca unas pastas del armario y las coloca sobre un plato. Paula observa a la madre de sus hermanos elegir dos tazas, los cubiertos y el azúcar. Le gusta Silvia, la tranquilidad que emana y el cariño que siempre ha recibido de ella.

—¿Sabes por qué pensaste que tu padre estaba conmigo? ¿Por qué no lo dudaste cuando se te ocurrió? —le dice, cuando termina de prepararlo todo y se sienta a su lado.

—No.

—Sí, claro que lo sabes. Piensa.

Coge una galleta y la muerde despacio, mientras le deja tiempo para contestar.

—Nunca os habéis dejado de querer —dice Paula al fin—. Se os nota.

—Exacto. Igual que a vosotros. Estáis atados por un lazo invisible que os sujeta el uno al otro y sois incapaces de romperlo. Igual que pasa con tu padre y conmigo.

—Pero ¿por qué no estáis juntos entonces?

—¿Por qué no lo estáis vosotros? —Silvia ha elegido contestarle con otra pregunta que sabe que Paula no va a responder—. Lo hemos intentado alguna vez. Después de Patricia, después de... la cuarta —se ríen, si es que no hubo manera de aprenderse el nombre—, y algunas veces más. Pero tu padre es como tú. En cuanto te descuidas, se asusta y se marcha. No te deja opción. De pronto se le ocurre que es buena idea empezar una nueva vida, pero acaba resultando un fracaso porque para no fracasar hay que dejar atrás el pasado y no ha tenido la valentía de hacerlo. Y no creas que se lo estoy reprochando, porque yo tampoco. No hagas lo mismo. Mira dónde estamos nosotros. Yo sola desde hace años y él... sin encontrar a nadie con quien sentar la cabeza de una vez, a pesar de la edad que tiene. Y a pesar de las veces que lo ha intentado.

—¡Cuatro bodas! —dice Paula.

—Y las veces que se arrepintió antes de volver a meter la pata —añade Silvia, y ambas estallan en una carcajada.

—¿Habéis estado juntos después de separaros? No lo sabía. O sea, sabía que entre vosotros la relación es buena. Él habla de ti siempre con mucho cariño y seguís viéndoos con frecuencia.

—No lo sabías porque somos más discretos que Javier y tú. Nosotros no nos gritamos tanto.

—¿Tú querrías arreglarlo? —le pregunta, mientras sirve azúcar en las dos tazas.

—Cariño, eso no depende de una sola persona, depende de los dos. Lo que sí sé es que mientras no seamos capaces de poner un final a esto, nunca podré poner a nadie en su lugar. Y no me refiero en la cama o a tener una relación. Me refiero a ponerlo aquí —se señala el pecho—. ¿Quieres condenar a Javier a lo mismo?

—Soy imbécil.

—Tienes miedo.

—He intentado no volver a él, pero…

—No hace falta que me lo expliques, sé lo que te sucede. Caes de nuevo a la mínima. Durante unos instantes vuelves a creer en los dos, pero en cuanto te encuentras con el primer escollo, desconfías y sales corriendo.

—No es eso. Intento no sufrir.

—¿Y lo consigues huyendo? —pregunta Silvia.

—No —dice Paula, bajando la mirada.

—Abre tu corazón, deja de pensar en lo que puede salir mal, no te anticipes. Tenéis todo para ser felices. Él te adora. Desde que te conoció. Y sobre ti tengo aún menos dudas. Dale una oportunidad. Puedes, ¿no?

—Ninguno de los dos estamos solos.

La mujer suspira, recordando las veces que entre ella y Mario el hecho de que hubiera otras personas no ha tenido mucho peso.

—¿Crees que esa persona le hace tan feliz como tú? A pesar de lo que chocáis, déjalo al margen. ¿Crees que a ti te hará feliz otra persona que no sea él?

La respuesta que le da su corazón a las dos cuestiones es no, pero se la calla. Aunque en su fuero interno lo sepa, están las pruebas, los muros que se le da tan bien construir a Paula. Esos que tarda tan poco en levantar como en tirar al suelo cuando se trata de Javier.

—Habla. Inténtalo. Podría salir bien, pero si no, al menos desataríais el nudo.

—¿Y tú?

—¿Yo?

—Sí, tú, ¿por qué no lo has hecho con mi padre?

—Supongo que es más fácil dar consejos que seguirlos tú.

Silvia ha acompañado a Javier a casa de unos vecinos que tienen teléfono fijo, para que pueda comunicarse con la comisaría. Allí continúan estancados, no hay datos nuevos que puedan compartir con él. Llama también a Eva, para decirle dónde están y que no se preocupe, y aprovecha para hablar unos momentos con Valeria.

—A Coffee se le ha clavado un cristal en la pata —le cuenta la niña.

—¿Y está bien? —pregunta él.

—Sí, aunque cojea un poco. ¿Tú podrías detener a los que tiran cristales en la calle, papá?

—Bueno, no sé yo si eso es un delito tan grave como para detenerlos —le dice.

—Pues debería serlo, Coffee ha sangrado un montón cuando se lo ha quitado la abuela.

—¿Te estás portando bien? —le dice Javier, cambiando de tema.

—Sí, aunque ya tengo ganas de que vuelva mamá y también de que vuelvas tú. No sé por qué os habéis tenido que ir todos a la vez. ¿Cuándo vienes?

—Pronto, cariño, muy pronto. Ahora te tengo que dejar, pero te prometo que en cuanto llegue a Madrid, iré a verte.

—Te quiero.

—Y yo, preciosa.

Cuelga y les da las gracias a los vecinos, de los que se despiden. Vuelven en el coche de Silvia hasta la casa. Después de la cena, se quedan hablando y Silvia les recuerda que tienen el teléfono de sus vecinos al que llamar en cuanto sepan algo de Mario. Si ocurre algo, enseguida se lo harán saber. Se iría a Madrid, pero sus pulmones necesitan reponerse del todo antes de volver a enfrentarse con la contaminación de la ciudad. Se quedará unos días más en la aldea, pero quiere asegurarse de que la mantendrán informada. Aunque trate de aparentar serenidad, ella también está preocupada por Mario. Él es de hacer muchas tonterías, las ha ido repitiendo a lo largo de su vida, pero esta, desaparecer sin decirle nada a nadie, es la primera vez y el que hayan pasado tantos días sin tener noticias no parece buena señal. La madrugada los encuentra hablando y el primer bostezo de Silvia es la contraseña para que decidan, casi sin hablar, que es el momento de irse a la cama.

En la buhardilla, Paula se pone el pijama y se mete entre las sábanas antes de que a Javier le dé tiempo de quitarse la ropa.

—Has estado muy callada —le dice él, mientras se acomoda en su lado de la cama.

Paula se da la vuelta y, mirándole a los ojos, le pregunta:

—¿Tú crees que aparecerá?

—Espero que sí.

Espero es un deseo, no la certeza que necesita, la palabra tranquilizadora que ayude a que esa noche pueda descansar, pero sabe que es la única que tienen. No queda más que esperar. Buscar ha resultado inútil y frustrante. Javier sujeta con suavidad la cabeza de

Paula con una mano y le acaricia el pelo, mientras deposita un beso en su frente. El interruptor que enciende sus sentimientos no necesita más, lo ha vuelto a pulsar, despertando cada terminación nerviosa y activando el potente vínculo que los mantiene atados. Paula suspira. Se ha jurado que antes de volver a caer en sus brazos tienen que hablar, poner en claro qué es lo que hay entre ellos. Pero una cosa es jurárselo y otra ser capaz de no sucumbir cuando están así de cerca. Se siente como un náufrago en medio del mar, muerta de sed a la vez que está rodeada de agua que no puede beber porque será veneno para ella. Sin embargo, se bebe sus labios.

Primero, despacio. Después, descontrolada.

Ambos se dejan llevar y la conversación que se ha pasado la tarde planeando, se aplaza porque urge más librarse de otras cosas. De la ropa, del deseo, de la sed que tienen del otro. La cabeza de Javier busca acomodo en el hombro de Paula y va depositando besos en el cuello, la clavícula, el brazo. Deshace el recorrido con calculada parsimonia y para en el oído; su respiración es más de lo que Paula necesita para saber que no van a poder detenerse para tener una charla. Le devuelve los besos y después le empuja para mirarle a los ojos, dejando un espacio entre ellos.

—¿Quieres que pare? —pregunta Javier.

—Ni se te ocurra.

Recorre con los dedos el pecho del inspector, mientras él traza círculos con uno de los suyos en torno a su ombligo. Las bocas se buscan de nuevo y la distancia entre los cuerpos de ambos desaparece. Claro que no quiere parar. Paula, impaciente como siempre, busca la manera de tomar el mando de la situación, obligando a Javier a tumbarse de espaldas, pero esta vez él no está dispuesto.

—Hoy me toca a mí —susurra.

La obliga a girarse y ralentiza a propósito la urgencia de ella, que no sabe si gruñe o gime, suena como una queja infantil que hoy él no está dispuesto a escuchar. No hace tanto que han estado juntos, no tiene tanta prisa por hacerla suya como hace unas noches. Quiere dilatar el momento, llevarla al límite para después frenarla y volver a empezar. Prolongar el encuentro. Por eso desliza sus manos despacio por el torso de Paula, apenas rozándola. Continúa con la caricia hasta la pelvis y sigue bajando hasta que ambas manos llegan a las inmediaciones de su sexo. Paula suspira y separa un poco las piernas, esperándolo, pero Javier se aparta para mirarla. Ella tiene los ojos cerrados, concentrada en las sensaciones que le envía el cuerpo al cerebro, y solo los abre cuando se da cuenta de que él ha interrumpido la exploración.

—No te pares.

La deja esperando unos segundos, disfrutando de la súplica que no le ha llegado solo de sus palabras, sino también desde sus ojos. Después, como un niño travieso, sonríe. Toma una de sus manos y tira de ella para que se incorpore. Se quedan de rodillas encima de la cama. La única luz que ilumina la estancia es la que entra por las dos ventanas del tejado, que dibuja las siluetas de sus cuerpos desnudos en blanco y negro. Javier la toma de las muñecas, las acaricia y desliza los dedos hasta entrelazarlos con los de Paula.

—Eres perfecta.

—¡No digas idioteces y bésame!

Como un niño obediente, él besa su cuello. La incipiente barba se suma a la provocación que son los labios de Javier para Paula y ella reacciona. Si no fuera porque está oscuro, él podría ver que se le ha puesto piel de gallina. Paula le deja que siga unos momentos, pero no se le da bien tener paciencia y al poco le agarra la cabeza, busca sus labios y los besos que le regala no tienen nada de suaves. Están cargados de urgencia, tanta que poco a poco se transforman en pequeños mordiscos. Antes de que se dé cuenta el inspector, Paula ha conseguido empujarlo para que se siente sobre la cama y se ha subido sobre él.

—Me toca a mí… —le recuerda.

—Impídemelo —le reta ella.

Lo intenta, pero se rinde a la evidencia de que entre ella y él mismo, más que ansioso por tenerla, la batalla está perdida de antemano. Sus cuerpos, que encajan a la perfección, se cansan de los rodeos, se buscan, se encuentran y la conexión acaba haciéndolos estallar en una sinfonía de jadeos que ninguno se acuerda de disimular para que Silvia no los escuche desde su cuarto. Cuando se calman, Javier la hace rodar, se coloca sobre ella, la besa y le dice:

—Ahora sí me vas a dejar.

Y, esta vez con más calma, recreándose en cada rincón de Paula, como quería al principio, desnuda sus emociones. Para ellos es sencillo. Para desnudar emociones primero hay que haberse vestido con ellas y ese es un traje hecho a medida para los dos.

Por la mañana, Paula se ha levantado temprano, nada más escuchar a Silvia trastear en la cocina, y ha bajado a desayunar con ella. Descalza y en pijama, como si de una niña pequeña se tratase, se deja mimar y acepta un desayuno de zumo, café y tostadas. La conversación busca acomodo en el pasado, en las vacaciones que pasaba en la casa y las dos sonríen al recordar anécdotas. Paula se llena de nostalgia de ese tiempo, de la paz que hay en cada uno de los recuerdos que se apuntan al desayuno. Son los que se eligen cuando las personas que se quieren están juntas, los recuerdos felices que tanta falta le hacen para dejar de lado los funestos pensamientos que persiguen a Paula en cuanto su mente vuelve al presente, a la realidad que la ha traído hasta Galicia en primavera.

—Tu padre aparecerá, cariño. Ya verás.

Cuando escucha a Silvia, le cuesta casi tanto creerla como sujetar las emociones para que no se impongan a ese rato de melancolía que tanto bien le estaba haciendo. Aunque Silvia trate de esconderlo, está tan preocupada como ella. Cada vez que tose, por fortuna con menos frecuencia, el rostro de Silvia se contrae y le cuesta más mantener ese gesto de paz que es solo una pose para no preocuparla más.

Javier se despierta un poco más tarde y cuando entra en la cocina para desayunar, Paula la abandona para ir a darse una ducha. Al cruzarse con él en la puerta de la cocina, se rozan con los dedos. Javier se gira para observarla desaparecer por las escaleras.

—¿Te apetece una tostada? —le pregunta Silvia.

—Sí, gracias, pero ya la hago yo. Prefiero que tú me pongas el café, no se manejar tu cafetera.

—Tenéis un serio problema los dos con mis electrodomésticos —dice sonriente.

—Dame tiempo, la de la comisaría la controlo —contesta él, mientras empieza a sacar el pan para las tostadas.

—¿Qué vas a hacer? —pregunta Silvia, con la taza en la mano.

—Usar el tostador. Creo que ese sí lo entiendo.

—Hablo de Paula. Qué vas a hacer con Paula.

No hace falta que le cuente que fueron muy poco discretos, su sonrisa la delata. Los escuchó desde su habitación.

—¡Joder, qué vergüenza! —dice, provocando una carcajada de Silvia.

—¿Por qué vergüenza? Sois adultos.

—Silvia, porque eres como mi madre…

—Y como la de Paula, eso os convierte en casi hermanos, ¿no? Se podría considerar incesto lo vuestro.

Javier enrojece y eso hacía siglos que no le pasaba, pero es que no puede evitar sentirse intimidado por esta mujer que, durante sus años adolescentes, se portó con él mejor que sus propios padres. Durante unos segundos ha pensado que le estaba recriminando su relación con Paula, pero ahora sabe que no es eso. Deja que le siga contando lo que quiera.

—Necesitáis hablar. Ya se lo dije a ella. Hablar, Javier, no otras cosas.

—No es tan sencillo —contesta él.

—No, no lo es. Sentaos, poned en claro lo que sentís y resolved lo que tengáis pendiente. Hacedlo porque si no, un día, os arrepentiréis. Y estoy hablando de hablar, aunque me repita. No sirve lo que hicisteis anoche.

—Lo sé, pero…

—Pero nada. Haz caso a una vieja que sabe mucho de callar. Tu café. —Le pone la taza en la mesa—. Voy a recoger la ropa que lavó Paula ayer y os la dejo arriba.

Se queda solo, rumiando las palabras de Silvia, sabiendo que lleva razón. Tiene que sentarse con Paula y dejar de dar rodeos. Poner encima de la mesa sus cartas y jugarlas, aunque pierda. Si es así, si eso sucede, podrá volver a empezar. Mientras tanto, si se las sigue guardando por si acaso, estarán atascados en una partida infinita.

Cuando todo está listo, dejan la casa. Silvia les insiste en que la mantengan informada, se queda acompañada por la preocupación de no saber nada de Mario, pero sus palabras y la sonrisa con la que les dice adiós esconden de la vista de los demás sus pensamientos. No quiere que además de lo que ya cargan se lleven su preocupación.

Desaparecen en el camino.

Solo paran una vez, para echar gasolina, y cuando llegan a Madrid, a pesar de que no lo han hablado, Javier pone rumbo a la calle de Paula. Frente al portal, ella se baja de la moto, se quita el casco y mete la mano en el bolsillo del abrigo. Le da la goma amarilla, que él mira sin comprender, y las gracias por haberla acompañado. Han vuelto con las manos vacías, igual que se marcharon, y con un poco menos de esperanza.

—Voy a la comisaría —dice Javier. No se ha quitado el casco y su voz suena distorsionada—. Revisaré todo lo que tenemos a conciencia, por si a Escudero se le ha pasado algo. Esta noche te llamo.

—Gracias —repite ella de nuevo, mientras se coloca un mechón de pelo detrás de la oreja.

—Paula, tenemos que hablar.

—No, tenemos que encontrar a mi padre —dice ella, evadiendo esa conversación que le da tanto miedo.

—Y hablar. Hasta la noche.

Le gustaría que se despidieran con un beso, con un gesto de cariño, pero ahora que han llegado a casa, al territorio conocido donde se mueven sus días, la nota casi tan distante como cuando salieron días antes.

Arranca. La conversación, quiera ella o no, la van a tener.

Capítulo 8

En ciertos oasis
el desierto es solo un espejismo
Mario Benedetti

Después de darse una larga ducha para quitarse de encima el cansancio del viaje, Paula llama a Eva, su madre. Valeria ha vuelto del colegio y decide ir a buscarla. Ha echado mucho de menos a su hija estos días, así que el abrazo se prolonga más de lo que la pequeña desea.

—¡Ya, mamá! —protesta Valeria—. ¿Qué tal las vacaciones?

A ella no le ha dicho dónde ha estado, la niña tiene solo siete años y no ha querido preocuparla con la desaparición de su abuelo. De él no ha hablado y de ella le ha contado que le han dado unas vacaciones imprevistas y ha decidido tomárselas. Tampoco ha mencionado que estos días los ha pasado con su padre.

—Bien, cariño. Recoge tus cosas, nos vamos a casa.

En el salón, Eva se queda a solas con Paula y le pregunta por Mario. En realidad sabe la respuesta que le va a dar, han estado hablando por teléfono, pero quiere chequear el estado de ánimo de su hija. La ve triste, más abatida que cuando se marchó. Para eso, para las emociones, Paula es un recipiente de cristal. Frágil y transparente, hermética si logra enroscar el tapón con fuerza, pero capaz de romperse con cualquier mínimo golpe.

—Estamos como antes de salir —le dice—. Sin tener ni puñetera idea de dónde puede estar.

—¿Y tú? ¿Cómo estás? —pregunta, aunque sabe de antemano la respuesta.

—Mal, mamá. Cada día que pasa, pesa un poco más que el anterior.

Intenta contenerse, pero es incapaz y una lágrima se le escapa. Se enfada consigo misma, no puede permitirse ahora una debilidad, no puede delante de Valeria que no es tonta y en cuanto vuelva de coger sus mochilas le va a preguntar qué le sucede. Eva le pone la mano en el hombro y la atrae hacia sí, dándole un abrazo. Paula suspira.

—Sabes que estoy aquí —le dice al oído.

—Lo sé, mamá.

—Para cuando quieras, para lo que quieras —dice, deshaciendo el abrazo y agarrándola por los hombros, para obligarla a que la mire—. Tu padre aparecerá, Paula. No pierdas la esperanza.

—¿Y si…?

—Shhhh… No vamos a pensar en eso, mi amor. No lo vamos a pensar —repite, mientras le acaricia con cariño los brazos.

Eva, mucho más fría que su hija, consigue mantener una actitud de calma externa que contrasta con el nerviosismo de Paula. Para esta, la reserva de esperanza empieza a tener saldo negativo. Ambas se han cogido de las manos cuando Valeria entra arrastrando la diminuta maleta con su ropa y un carrito de ruedas donde van los libros del colegio.

—¿Nos vamos? —pregunta la niña.

—Sí, claro. Da un beso a la abuela —le dice Paula, intentando disimular con una sonrisa.

—¿Has llorado? —pregunta la niña, que no es tonta ni ciega.

—Es que la he regañado porque se le ha olvidado traerme un imán para la nevera —dice Eva, saliendo al quite de su hija.

—¿A mí tampoco me has traído nada? —pregunta Valeria.

—Pues no, se me ha pasado.

—¡Qué madre!

Hace un gesto de resignación y se encamina hacia la puerta, provocando la sonrisa de su madre y su abuela.

—Gracias, mamá —dice Paula.

—Deberías contárselo. Se acabará dando cuenta de que pasa algo, es muy lista. No es tan pequeña como crees. Es mucho más madura que cualquier niña de su edad. Y, por cierto, no sé cómo, pero hay otra cosa que tienes que arreglar con ella.

—¿Qué ha hecho? —pregunta Paula, preocupada.

—¿Tú te has fijado en la cantidad de palabrotas que dice?

—Sí, y no sé qué hacer con ella, mamá.

—Aprovecha la conversación seria entre madre e hija cuando le cuentes lo que le tienes que contar —dice con precaución, aunque Valeria está entretenida con el perro y no se entera—, y ponle algún correctivo. Me ha hecho pasar algún apuro con las vecinas.

—Lo haré, de verdad. Deja que piense cómo le digo lo de papá... Y ya veré cómo resuelvo lo de las palabrotas.

—No pienses tanto, Paula. Actúa.

Le da un beso y ella sale de la casa con Valeria. Pensando en que siempre piensa demasiado las cosas. Piensa, especula, establece escenarios futuros para cada una de las decisiones que tiene que tomar, de los pasos que va a dar. Se equivoca más veces de las deseables, acaba dándose cuenta de que su camino mental, ese que trazó al pararse a reflexionar, es distinto del que al final la vida le pone delante de sus ojos. Mira a Valeria y reconoce en ella una de las pocas veces que no se permitió pensar, que se dejó llevar. Y al final, ha sido lo mejor de su vida. Cuando supo que estaba ahí, dentro de ella, no dudó un instante. No era el mejor momento ni la mejor situación para traer un niño al mundo. No había sido una decisión consciente, pero su corazón le decía que tenía que seguir adelante. Se dejó guiar por sus propios latidos y el resultado no ha podido ser mejor.

Quizá es eso lo que tenga que hacer ahora. Contarle la verdad a Valeria y dejar de esquivar la conversación con Javier.

En la comisaría hay poca gente a última hora de la tarde. No ha pasado nada reseñable en este tiempo que Javier ha faltado. El inspector que asumió sus funciones mientras ha estado fuera, no tarda mucho en ponerle al día sobre la rutina y, por otro lado, del trabajo que ha hecho el agente Escudero.

Cuando se queda a solas en su despacho, Javier revisa, por si acaso se les ha pasado algo, todos los registros de hotel y los hospitales de la zona próxima al lago de Sanabria y Asturias, y concluye que, como siempre, a pesar de que Escudero es muy lento explicándose, ha hecho bien su trabajo. No hay nada. Nadie con su nombre se ha registrado en ningún establecimiento público ni ha sido ingresado. Incluso ampliaron la búsqueda a todos los aeropuertos del país, por si hubiera cogido un avión, pero en vano. Cero resultados. No va a tener mucho que contar a Paula cuando la llame por la noche, como le ha prometido. Se frota la cara con las manos, intentando pensar en alguna otra opción. Empieza a valorar como más posible que Paula esté en lo cierto, que Mario se haya perdido haciendo una ruta a pie y haya sufrido un accidente fatal. En ese caso, pueden pasar años hasta que alguien lo encuentre o tropiece con sus restos por casualidad. O, tal vez, que ni siquiera aparezca. Sería el peor escenario, algo de lo que está seguro que ella no se recuperaría. Está demasiado unida a su padre. Alguien golpea la puerta del despacho desde fuera y casi agradece que interrumpan sus elucubraciones.

—Pasa.

No ha preguntado quién es, ni siquiera se ha molestado en mirar, y solo cuando la puerta se abre gira la cabeza y se encuentra con Miranda sin uniforme.

Ese día ha tenido turno de noche, pero en cuanto se ha enterado de que Javier está de vuelta ha decidido volver a la comisaría.

—Hola —le dice, antes de sentarse en la silla.

—Hola.

Se miran un rato, sin decirse nada, con una seriedad en el rostro que no augura nada bueno. La bienvenida no ha sido la más acorde entre dos personas que todavía mantienen una relación. Javier, en ese instante, recuerda que no tiene una, sino dos conversaciones pendientes. También está ella. Miranda se merece un cara a cara, que lo suyo no se quede en la llamada de hace un par de días, por más que después de lo que se dijeron no queden muchos resquicios de entendimiento. Habrá que hablar, de todos modos. No se siente bien con lo que quiere decirle, pero tampoco va a mentir. Después de lo que ha compartido con Paula y la diferencia abismal que hay con respecto a lo que siente por ella, no puede seguir adelante con Miranda. No es justo para ninguno de los dos.

—Escucha...

—No, Javier, escucha tú. He estado pensando mucho en estos días. Lo que ha habido entre nosotros no ha pesado lo mismo para ti que para mí. Lo supe desde que me hablaste la primera vez de ella, pero pensaba que quizá si me conocías se te pasaría. Veo que no, que solo ha sido un espejismo. Solo quería que supieras que las batallas perdidas no me interesan en absoluto. —Se mete la mano en el bolsillo y saca un llavero—. Solo he venido a darte esto. Lo trajo el hermano de Ángel ayer. Te lo podía haber dejado encima de la mesa, pero he preferido dártelo en persona.

Lo pone encima de la mesa, devolviéndole con él su libertad y el escaso vínculo que han compartido. Le permitió acceso libre a su casa, cuando quisiera, pero Javier no quiso ni oír hablar de vivir juntos y, aunque se convenció de que quizá más adelante cambiaría de idea, asume que nunca estuvo en sus planes.

—Miranda...

—No quiero que te excuses, pero hazte un favor. Mientras no resuelvas lo que tienes con ella, no empieces otra cosa con nadie porque haces daño.

El tono que ha usado es duro, muy seco, y él sabe que se merece incluso que lo hubiera sido más. Javier lo sabía, ha sabido siempre que ella no era nada más que un parche, una mujer con la que seguir engañándose porque no ha logrado ni siquiera arañarle el alma. Como le acaba de decir, una batalla perdida, porque nunca ha tenido ni la más mínima posibilidad de acercarse a lo que siente por Paula. Quizá ha sido cómodo, pero nada más. Resignarse. Engañarse a sí mismo hasta lograr creer la mentira y aceptarla como una verdad con la que convencerse de que podía ser feliz con otra persona.

Miranda se levanta de la silla y se dirige a la puerta.

—He pedido el traslado a otra comisaría, no sé cuándo me lo concederán —dice sin mirarlo.

Ni siquiera le da opción a réplica, antes de que reaccione ya está fuera de su despacho. Cuando Javier se mete las llaves en el bolsillo, tropieza con el coletero que le ha dado Paula en la puerta de su casa. Lo saca y se queda mirándolo, mientras lo sostiene entre dos dedos. Ahora se da cuenta de que es de Miranda. Mientras han estado fuera, Paula lo ha usado, pero al regresar lo ha vuelto a poner en sus manos.

No quiere estar en lo cierto, pero juraría que Paula está volviendo a hablar sin palabras.

Paula llega a su piso aturullada con el parloteo de su hija, que no ha parado de hablar desde que se montó en el coche. Valeria le ha ido contando en el camino a casa lo que ha hecho esos días, pero ella apenas la escucha. Sigue sumida en la inquietud que le provoca el no saber nada de Mario, el haber vuelto con las manos tan vacías como cuando se marchó. Al llegar le prepara a la niña un vaso de leche y para ella un sándwich. No han pasado ni diez minutos desde que llegaron, cuando suena el timbre. Supone que será Javier, que ha decidido pasarse por su casa en lugar de llamarla, e incluso especula sobre la posibilidad de que algún vecino le haya abierto el portal, puesto que no ha escuchado el telefonillo. Abre distraída y se queda petrificada al ver a la persona que está al otro lado de la puerta.

—Parece que hayas visto un fantasma.

Y la verdad es que, por el color que ha adquirido el rostro de Paula, es cierto que lo parece. Lívida, ni siquiera acierta con un saludo.

—¿Puedo pasar?

Javier acaba de poner un pie en su casa cuando el teléfono empieza a vibrar en el bolsillo de su pantalón. Hace un gesto de resignación, pretendía darse una ducha y ponerse cómodo antes de comer algo. Suelta la mochila en el suelo, sin preocuparse de dónde cae, y agarra el móvil. El nombre en la pantalla le indica que hay alguien a quien prometió una llamada, que espera impaciente: Paula. Ni siquiera le ha dado tiempo de llamar a él.

—¿Diga?

—Javier, ven a mi casa —dice acelerada.

—¿Le ha pasado algo a Valeria? —pregunta, asustado porque de pronto piensa en su hija, en que se haya puesto enferma o haya tenido algún percance.

—No, a Valeria no. Tú ven. Tengo que contarte algo que acaba de pasar.

—Tranquila, en cinco minutos estoy ahí.

No pregunta. La urgencia en su voz es suficiente para Javier.

Van a ser más de cinco minutos, no viven tan cerca, pero es lo primero que le ha salido. Corre a su habitación, se cambia de ropa volando y sale de nuevo de la casa, con la cazadora en la mano. Ni siquiera monta en el ascensor, está seguro de que bajará más rápido por la escalera. Salva de dos en dos los escalones y atraviesa corriendo el garaje hasta que llega a la moto. El mecanismo de la puerta a veces falla y hoy toca que no se abra con el mando a la velocidad que necesita. Debería haberle pedido que le explicase algo más, porque se está poniendo nervioso. «Tú ven. Tengo que contarte algo que acaba de pasar». Eso ha sido todo lo que le ha dicho, en un tono alterado que le hace pensar en algo muy grave. Sigue pulsando el botón y, cuando por fin la puerta decide obedecer, lo guarda en el bolsillo de la cazadora. Acelera de manera ruidosa y sube la rampa. Poco después, ya está en la calle, esquivando el tráfico, de camino a casa de Paula.

Circula más deprisa de lo aconsejable, sabe que debería moderar la velocidad si no quiere acabar con una multa, cortesía de los cientos de radares que tiene el Ayuntamiento dispuestos por la ciudad, pero le urge llegar. Un semáforo empieza a parpadear en ámbar y decide que le da tiempo a rebasarlo antes de que mute a rojo, pero no es cierto. Se lo salta cuando ya hace unos segundos que ha cambiado de color y a punto está de colisionar con un vehículo que no se ha saltado las normas y que accede al cruce desde una vía perpendicular. Le falta muy poco para acabar por el suelo y la disculpa con la mano no convence al otro conductor, que le da las luces, pita y seguro que suelta por la boca más de un improperio. Pero Javier no se para. Continúa su loca carrera hasta que, por fin, se detiene en las inmediaciones de la casa de Paula. Aparca la moto y corre hacia el portal. Tampoco llama con serenidad. Una y otra vez pulsa el telefonillo hasta que escucha el sonido que indica que la puerta está desbloqueada. Paula ni ha hablado, seguro que le espera.

Un rato antes de llamar a Javier, a Paula ha estado a punto de darle un colapso.

—¿Se puede saber qué te ocurre?

Se ha quedado paralizada, apretando con fuerza el pomo de la puerta, en un intento por reaccionar. No sabe qué hacer. Mario, su padre, está parado al otro lado. Ha llegado con una sonrisa de oreja a oreja, como si no pasase nada, pero cambia el gesto al ver a su hija tan seria. No entiende que lo reciba de ese modo.

—¡Paula! ¡Reacciona!

Valeria llega corriendo al escuchar la voz de su abuelo, esquiva a su madre y se echa en sus brazos, que la alzan con alguna dificultad. La niña ya no es tan pequeña como para que Mario la eleve por los aires, pero es tan impulsiva que sigue haciéndolo aunque ya pese mucho.

—¡Ya has vuelto! ¿Qué tal en el balneario? —le dice.

Es más de lo que Paula puede procesar en ese instante. ¿Balneario? ¿Qué sabe Valeria de un balneario?

—Papá, ¿dónde estabas? —logra preguntar, a la vez que se aparta de la puerta para dejarle que entre con la niña. Aún tarda un poco en lograr cerrar y le sigue hasta el salón, donde él se deshace de la pequeña, dejándola en el sofá.

—Pues donde te acaba de decir Valeria, en un balneario —contesta, tan tranquilo.

—¿Cómo que en un balneario? —Paula empieza a subir el tono, recuperada del estupor y pasando al modo cabreo en medio segundo.

—Sí, he estado en Portugal en un balneario. ¿Verdad, Valeria?

La niña, sonriente, secunda con un gesto afirmativo las palabras de su abuelo, desconcertando todavía más a Paula que no entiende por qué su hija maneja una información tan importante para ella. ¿La niña lo sabía? ¿Cómo se le iba a ocurrir a ella preguntarle a Valeria por Mario?

—Me lo vas a tener que explicar. ¿Sabes que llevo un montón de días buscándote, pensando que te ha pasado algo malo? ¿Se puede saber por qué no me lo dijiste? ¿Sabes el susto que me has dado? ¿Te haces una idea de lo mal que lo he pasado pensando que te podía haber ocurrido algo? ¡Papá! ¡No has llamado en todos estos días!

Los reproches se ponen en fila y Paula los dispara furiosa hasta que Mario la frena.

—Creía que te habías enterado de lo que te dije.

—¿Que me lo dijiste? ¡No me dijiste nada!

—Te lo dije, Paula. ¡Y hasta te he llamado un montón de veces por teléfono, pero no me descolgabas! —dice Mario.

—¿A mí? No, a mí no me has llamado.

—A ti no, a tu teléfono. Es verdad que no he llamado a tu móvil, porque no me acordaba del número, pero al de casa sí. Bueno, tardé unos cuantos días en llamar, pero es que estaba tan a gusto que se me olvidó.

Paula mira el teléfono fijo y lo descuelga, pulsando a continuación el contestador automático.

—*Paula, cariño. ¿Qué tal estás? Te he llamado, pero no estás en casa. Supongo que tienes mucho trabajo. Por aquí, todo bien. Estoy pasando unos días estupendos en el balneario. Ya te contaré cuando vuelva.*

—¿Qué sabías tú de un balneario? —pregunta Paula a Valeria. Ha intentado mantenerla al margen de la desaparición de Mario, pero se está dando cuenta de que ha sido un terrible error.

—Que el abuelo se iba a ir a uno. ¿Verdad que lo dijiste? —dice con inocencia, mirando a Mario.

—¿Y por qué yo no sabía nada de esto? —pregunta, con cara de querer asesinar a su padre.

—Pues...

Va a seguir hablando, pero Valeria le interrumpe.

—Me dijo que es como un hospital donde hay muchas piscinas y la gente se lo pasa muy bien porque dan masajes.

—¿Cuándo te dijo eso el abuelo? —pregunta Paula, más cabreada todavía.

—El día que vino a comer.

Mario afirma con un gesto y Paula no se lo puede creer. Ha preguntado a todo el mundo menos a Valeria, la única persona que no se le ocurrió que pudiera saber algo de su padre. La única a la que ha mantenido protegida de la noticia de su desaparición. ¿Y ella sabía dónde estaba? No sabe si ponerse a chillar o darle un beso, o estrangularla, o…

—Explícame eso —dice, antes de perder el control del todo, de ponerse a darles gritos a ambos. Pero no es Mario quien habla, sino Valeria.

—Mamá, el abuelo te lo estaba diciendo cuando te llamaron por teléfono. Era Andrea. Te fuiste a la cocina y el abuelo me contó que se iba a un balneario.

—¿Y por qué no me lo dijiste a mí? —Paula está fuera de sí y Mario le pide con un gesto que trate de relajarse.

—Porque cuando viniste a la mesa y te lo dijo, tú dijiste que Andrea era un prepotente, un anormal, un gilipollas al que no querías volver a ver en tu puta vida —suelta Valeria, tan tranquila.

—Vaya, ya sabemos de dónde saca Valeria su vocabulario… —dice Mario. Paula lo fulmina con la mirada.

—El abuelo te dijo que ya te había dicho que le caía mal y tú te enfadaste y te fuiste a la habitación. Nos tocó recoger la mesa a nosotros.

—¡Entonces no te aseguraste de que me lo habías dicho a mí, papá!

—Bueno, perdona, pensaba que sí —se disculpa Mario.

Paula suelta de golpe el aire que ha estado conteniendo estos días. En él hay algo de alivio por descubrir que no ha pasado nada en realidad, se deshace de parte de la tensión, pero también es un intento por no perder el control y liarse a gritar como una loca. Ha armado todo ese lío por un despiste. ¡Si hasta ha puesto una denuncia! Ha enredado a Javier en la búsqueda de su padre. Se ha expuesto a volver a involucrarlo en su vida, ahora que parecía que se había recuperado de él, y todo por una confusión, por no haber prestado atención a una conversación.

—Me voy a mi habitación diez minutos —dice.

—¿Qué ha pasado para que estés así? —pregunta Mario.

—¡Diez minutos!

No dice más, se encierra en su cuarto y trata de serenarse. Cuando lo logra, vuelve a salir y le pide a Mario que le explique con detalle todo lo que ha estado haciendo esos días. Necesita respuestas y se jura que va a escuchar sin intervenir. Antes, se lleva a Valeria a la habitación para acostarla y al volver, le pide a Mario que empiece a hablar.

Él, con toda la calma del mundo, le cuenta sus dos semanas de relajación.

Cuando Javier llega a la casa sin resuello, Mario ya se ha ido, ella está en el salón, teléfono en mano, hablando con uno de sus hermanos. Enseguida cuelga.

—¿Qué ha pasado? —le pregunta, mientras se quita la cazadora y la deja encima del sofá.

—¡Te juro que lo voy a matar con mis propias manos! —dice Paula, hecha una furia.

—¿A quién vas a matar?

—¡A mi padre! Apareció.

—¿Está bien?

—¿Que si está bien? ¡Está perfectamente! No le voy a perdonar el susto que me ha dado, Javier, te juro que no.

—Si empiezas por el principio tal vez entienda algo —sugiere él, apoyado en el respaldo de una silla. Le duele el costado, ha perdido fondo en estos días que han estado de viaje y no ha hecho ejercicio. Las escaleras subidas corriendo le están pasando factura.

—Mira.

Paula se dirige al teléfono fijo. Lo descuelga y pone en marcha el contestador automático. Se lo da a Javier para que escuche. El contestador reproduce el último mensaje que envió Mario, el que ella ha escuchado hace un rato.

Javier no sabe si reírse o darle un abrazo a Paula, que si ya de por sí es nerviosa, en estos momentos está a punto del colapso.

—¿Dónde estaba? —pregunta.

—¡En un balneario en Portugal! No es la única llamada, tengo varios mensajes y otras tantas llamadas perdidas desde el martes. ¡Ha estado a punto de darme algo, Javier!

—¿Y por qué no te cogía el teléfono?

—¡Pues porque se le ha roto! Dice que se le quedó sin batería después de mandar el mensaje en Benavente. Al ir a metérselo en el bolsillo, se le cayó y se hizo trizas. Se dijo que ya que iba a un sitio pensado para relajarse, quedarse sin teléfono era lo ideal para desconectarse del mundo. Como el cacharro ya era viejo, le quitó la tarjeta y lo tiró. De hecho venía a decirme si podré acompañarle a comprarse uno nuevo. ¿Te lo puedes creer?

—¿Y desde dónde te llamó entonces?

—Desde el teléfono de la habitación. Solo ha llamado al fijo de mi casa porque dice que no se acordaba de ningún número más. ¡Y varios días después de llegar al balnerario! ¡Es que estaba comodísimo y superbién allí! —dice ella, marcando la ironía de las palabras con un tono cantarín.

—Bueno, eso es normal, yo apenas me sé teléfonos, confío demasiado en la agenda del móvil. Me podría haber pasado lo mismo. Pero ¿estás segura de que no te contó sus planes, Paula?

—¡Él dice que sí, pero yo…! Ni siquiera se planteó si había terminado de contármelo a mí. Se lo dijo a Valeria. ¿A Valeria? ¿A quién se le ocurre decirle algo así solo a una niña pequeña? ¿Tú crees que me habría molestado en pedirte que me ayudases a buscarlo si hubiera sabido que se había ido porque había querido? —grita.

Algo así no lo esperaba Javier. Destroza las sensaciones positivas de estos días compartidos, que se alejan para dejar paso a fantasmas que llevan demasiado tiempo entre los dos. Lo que ha pasado entre ellos le parecía que podía ser un nuevo punto de partida, pero ella arremete contra ello con esa frase llena de rabia que ha soltado, fruto del enfado que siente con su padre.

—Esto me lo podrías haber contado por teléfono —le contesta Javier, bastante serio, considerando ahora que la carrera que se ha pegado para estar con ella no tiene demasiado sentido. A Mario no le pasa nada. Ha estado a punto de estamparse con la moto, pero eso ella no lo sabe y quizá hasta ni siquiera le importe.

—Mis hermanos tampoco lo sabían —continúa, ajena incluso al gesto serio que se ha instalado en él—. Me ha dicho que se había ido a hacer un tratamiento para dejar de fumar.

—Creía que dijiste que lo había dejado ya.

—Y lo ha dejado, es que no era cierto que lo necesitase, eso lo ha confesado después. No nos equivocamos, era él de quien nos hablaron. Estuvo en esa estación de servicio y también en el lago, de paso. La mujer con la que fue se iba a hacer el tratamiento y se le ocurrió, como idea genial de las suyas, inventarse que había recaído y apuntarse al balneario con ella.

—¿Para qué?

—Javier, ¿eres tonto? ¡Es mi padre! ¿Para qué iba a ser? No he querido ni preguntarle por ella… Me imagino por qué no se acordó de llamar los primeros días.

—¿Cuándo vuelve?

—¡Ya ha vuelto! Se ha presentado aquí tan tranquilo. ¡Como si no pasase nada!

Habla caminando por el salón en un recorrido errático que no lleva a ninguna parte, que ni siquiera sirve de calmante para su estado anímico.

—Bueno, relájate. En realidad no ha pasado nada, Paula.

—A él, a él no le ha pasado nada. ¿Ha pensado en algún momento en sus hijos? ¿Ha pensado en el susto que me ha dado? ¿En lo que hemos hecho para buscarlo? ¡No! ¡Ha estado tan campante!

—Paula, no te alteres.

—¿Cómo quieres que no me altere? —dice gritando, sin poder contenerse—. Estaba muy tranquila, después de mucho tiempo había conseguido ordenar mi vida y ¿ahora qué?

—¿Ahora? Ahora no lo sé, pero cuando pasen unos días será una anécdota de la que te reirás —le dice Javier.

—¿También será una anécdota lo que ha pasado entre nosotros?

Ahí está el problema. Ellos. Esos días juntos que han supuesto una revolución interna para Paula, tanto como para él, que va a obligarlos a replantearse su vida tal y como la habían logrado organizar. Han vuelto los sentimientos que trastornan tanto a Paula, la sensación de inseguridad que se instala en ella al poco de que Javier regrese a su vida.

—Esa es nuestra conversación pendiente. Quizá ahora no es el momento, es mejor que estés más tranquila.

—¡No puedo calmarme!

Intenta acercarse a ella, pero Paula se aparta sin darle opción. Intenta decirle que se deje de tonterías, que le dé la oportunidad de sentarse y hablar, pero Valeria, en pijama, entra en el salón. Se ha levantado al reconocer la voz de su padre, al que lleva días sin ver.

—¡Papá!

Trepa a sus brazos y se acurruca en ellos, regándole de besos y preguntándole si ha venido a buscarla porque le toca con él ese fin de semana.

—No, cariño. Has estado unos días sin mamá, creo que ella necesita que te quedes. Solo estoy de visita.

—¿Por qué gritabais? —pregunta con inocencia.

—Porque se nos ha olvidado que estabas durmiendo —dice él.

Convencer a la niña de que tiene que volver a la cama le cuesta un cuento. Se la lleva a la habitación y eligen juntos el que quiere que le lea. Valeria, que está más espabilada de lo aconsejable, interrumpe veinte veces la narración con preguntas y cuesta mucho convencerla de que ya es tarde y tiene que dormirse. Con paciencia lo consigue y cuando cierra la puerta de la habitación aún está despierta, pero le ha prometido que no se va a levantar.

Paula le espera en el salón, sentada en el sofá.

—¿Más tranquila? —le pregunta antes de sentarse frente a ella. Coge una silla, le da la vuelta y apoya los brazos en el respaldo.

—Sí. Lo siento, es que no me puedo creer que haya sido tan idiota.

—Estabas preocupada por él y cualquiera tiene una confusión, o un despiste. —Javier ha apoyado la barbilla en los antebrazos y se muestra relajado.

—Mira la que he liado —dice ella, mientras se frota las manos, nerviosa—. La verdad es que creo que intentó decírmelo, pero no escuché.

Toca sincerarse, contarle que en la comida con su padre y Valeria pasó algo de lo que no le ha hablado a nadie y fue lo que impidió que prestase atención a sus palabras. Lo que no sabe es por dónde empezar.

—Ese día… me llamó Andrea y yo… —le mira, suspira y decide que si no se lo cuenta ahora, no lo hará nunca—. Andrea…

—Tu novio italiano…

—Andrea, sí. Es algo que…

Se interrumpe, buscando la mejor manera de poner encima de la mesa lo que tiene que contarle.

—¿Qué es lo que tratas de decirme?

—Que no todo es tan bonito ni tan real como pensáis todos.

¿Paula le está diciendo que se ha inventado una relación? Así es como él entró en su vida, quizá no debería resultarle tan extraño. A ella no se le ocurrió otra cosa mejor que alquilar a un chico para que la acompañase a la boda de su padre por la razón más estúpida del mundo: no quería quedarse con sus hermanas pequeñas y fue por eso por lo que se conocieron. Era otro momento de la vida, el final de la adolescencia, cuando cometer estupideces forma parte del mismo aprendizaje de vivir. Sin embargo, ahora, con una década más a sus espaldas, no entiende el motivo, la necesidad de fingir algo que no es cierto. Es independiente, tiene carácter suficiente para no necesitar a nadie y sacar adelante su casa. Un trabajo. Una hija.

—¿Por qué?

La pregunta le sale a Javier instantánea. No la puede retener y la lanza, buscando algo sólido que le haga comprender sus razones. Él no las encuentra, pero quién sabe. Quizá algo se le escapa y quiere averiguarlo.

—Porque… —suelta el aire antes de continuar—, porque te vi con Miranda hace unos meses.

—Me viste con Miranda, ¿y?

—Valeria y yo te vimos desde el coche, uno de los días que te iba a dejar a la niña. No sabía nada de ella, pero Valeria me contó que la conocía y quién era. La mirabas como a veces me has mirado a mí y me empezó a doler tanto el pecho que pensé que me iba a estallar.

—No entiendo qué tiene que ver esto con Andrea. A no ser que… por eso te inventases que era tu novio.

—Hice algo peor que inventármelo —le dice, sin atreverse a mirarle.

—Ya me dirás qué hay peor.

—Intentar forzar algo que no sentía. No me lo inventé, empecé a salir con él, pero por la razón más idiota: no quería estar más tiempo así.

—¿Así cómo? —pregunta él.

—Sintiendo esto que siento por ti. Tú lo habías logrado. Encauzar tu vida. Lo estaba viendo con mis propios ojos y yo… yo seguía atascada. Sin conseguir avanzar, así que dejé de esquivar sus invitaciones para salir a tomar algo o a cenar. Me he pasado meses intentando convencerme de que esto era lo que se siente cuando estás con alguien, que quizá estaba imaginando que podía ser de otro modo, pero...

—No entiendo.

—Siempre, en cada nueva relación, busco lo mismo, sentirme como me siento a tu lado, pero ha sido imposible. Ni con él, ni con nadie, así que acepté que tal vez el amor es algo más calmado que lo que me pasa contigo. Que no te llena tanto. Que quizá estaba perdiendo la oportunidad de ser feliz por algo que no es más que un recuerdo de un pasado del que no soy capaz de desvincularme. Tú.

—Y no ha salido bien…

—Ha sido un desastre y lo peor es que siempre lo he sabido. Si me decía que no podíamos vernos, en lugar de sentirme mal, casi lo celebraba. Tú fuiste mi primer amor de verdad. No el primer chico con el que salía, pero sí el primero del que me enamoré. Ese amor que se siente tan solo una vez y que te llena tanto que acabas desbordado. Pero tal vez te he idealizado mucho y eso es lo que me mantiene atada a ti. Pretendía superarlo autoconvenciéndome de que Andrea era a quien necesitaba y lo que ha pasado es que he acabado superada yo. Cuando mi padre desapareció no lo quería a mi lado buscándolo, solo quería que estuvieras tú.

Javier se levanta de la silla, se agacha junto a ella y la coge de la mano. Está temblando. La confesión la ha dejado tan exhausta como si hubiera corrido una maratón. Él decide que es el momento de sincerarse también, de contarle que lo que le sucede a él es tan parecido que asusta. Va a abrir la boca, le va a contar que Miranda ya es pasado, pero Paula no le da opción.

—Tenemos que aprender a vivir sin el otro —le dice, sin esquivar su mirada esta vez.

—Paula, quizá no haga falta. —Su tono es desesperado, la quiere y no le apetece escuchar lo que está tratando de decirle.

—Sí, hace falta, Javier. Mucha. Estoy tan segura de lo que siento por ti como insegura contigo. Ya está bien. Tengo que aprender a no depender tanto de ti y tú también deberías hacerlo. Tenemos que cortar todo esto de una vez, pero no como hemos hecho hasta ahora, sino de verdad. Prometiéndonos que no volveremos a caer en cuanto nos encontremos.

—Hay otra posibilidad. Hablar, intentarlo. ¿No escuchaste a Silvia?

—Claro que la escuché, pero mírala a ella. ¿Dónde está? Sola en una aldea de Lugo mientras mi padre se ha ido a un balneario dos semanas con otra. No quiero pasarme la vida así, en esta montaña rusa. No sabiendo nunca si estaré ese día arriba o abajo. Quiero bajarme ya. ¿Cuánto crees que duraría si lo intentamos? ¿Una semana? Vamos a hacernos un favor, no me encuentro con fuerzas para seguir así, sintiéndome siempre insegura. Vamos a dejarlo para siempre. Somos los padres de Valeria y tenemos que vernos, pero no hace falta que lleguemos más allá. Javier, no todos los días somos los mismos y eso nos está matando. Tengo que aprender a controlar mis celos, porque no solo me hacen daño a mí, también a ti.

Javier no entiende qué ha podido pasar para que, en unas pocas horas, Paula haya vuelto a esconderse en su caparazón. Después de los días que han pasado, de las conversaciones con Silvia, ha llegado a creerse que por fin habían encontrado un camino por el que seguir juntos. Sin embargo, ha sido volver a Madrid, aparecer Mario y Paula ya ha cogido un desvío. Ni siquiera valora lo que le acaba de decir, que lo intenten. Ni siquiera le ha dado opción a contarle que ya no está con Miranda.

—Dejemos nuestra historia en el pasado y hagámoslo hoy. Hoy que no nos estamos gritando —le dice.

—Permite que pasen unos días antes de decidir algo así. Ya lo hablaremos.

—Nos estamos haciendo un favor.

—¿De verdad crees eso? —le dice, esta vez enfadado—. Porque yo no pienso lo mismo. Estás cansada y han sido dos semanas muy intensas. No estás pensando con claridad. Paula, escucha, he roto con Miranda.

Ella cierra los ojos. Lo sabía, sabía que estos días les iban a pasar factura y lo que le dice Javier le confirma que es mucho más alta de lo que suponía.

—No sigas. —Se levanta y deposita un suave beso en los labios de Javier, uno distinto a todos los que le ha dado hasta ahora—. Las despedidas, mejor con un beso. Las temporales y las definitivas.

Y sin decir más conduce sus pasos hacia la habitación, dejándole en medio del salón sin saber qué contestar. Javier no lo entiende, pero está de acuerdo en algo y es que, si van a liquidar esa historia de una vez, es mejor que sea sin voces. Cuando cierra la puerta de Paula, baja las escaleras a un ritmo lento, el mismo con el que regresa en la moto hasta su casa. Circula despacio por las calles, no se salta semáforos, ni tiene miedo de ningún radar porque correr, cuando no se va a ninguna parte, no tiene sentido. Va pensando en las palabras de Paula, en el miedo que se ha colado entre ellas. ¡Mierda! No le gusta, pero entiende y hasta quizá comparte lo que le pasa. Cuanto más se involucran el uno con el otro, más cuesta rehacerse cada vez que lo estropean. Las veces que se han dejado llevar y han vuelto a intentarlo han durado mucho menos que el tiempo que les ha costado recomponerse cuando todo se ha roto de nuevo.

Al llegar a casa, se mete en la cama. Pone el despertador, pero no le va a hacer falta porque se pasa toda la noche en blanco. Recordando. Decidiendo. Intentando planificar una estrategia que le ayude a seguir adelante sin sentir el peso que se ha instalado en su pecho. Piensa en lo que le ha dicho Miranda. No puede sustituir a Paula por nadie mientras no deje de sentir lo que siente, porque lo único que va a conseguir es hacer daño a otra persona y hacérselo él. Intuye momentos duros en su futuro inmediato. No se va a resignar así como así, dejará que el paso de los días suavice la tensión que ella ha vivido y volverá a intentarlo, pero le va a costar convencerla. Cuando Paula se pone cabezota, no hay modo de sacarla de la idea que se le haya ocurrido. Pasa horas repitiéndose que necesita una tonelada de paciencia y centrarse en su trabajo. Y en Valeria. Se convence de que, de momento, eso es todo lo que necesita. Al menos se pasa horas repitiéndoselo, hasta que la alarma le indica que tiene que ponerse en pie.

Capítulo 9

Han pasado dos meses.

Paula y Valeria salen cada noche a dar un largo paseo por la ciudad. No es por aplacar el bochorno del caluroso verano que está haciendo en Madrid, eso es solo un detalle que se suma a lo que le impide dormir a Paula. La verdadera razón que la empuja a improvisar aventuras urbanas nocturnas con su niña es otra. Se esfuerza en diseñar momentos compartidos con su pequeña con los que llenar el terrible vacío que siente. Con ellos espanta esa incomodidad inconcreta que hace tiempo recorre su cuerpo y de la cual sospecha que no tiene más tratamiento que ese: distraerse.

La niña no tiene colegio y ella acaba de empezar sus vacaciones estivales, por lo que las dos llevan un par de horas deambulando por las calles cuando deciden sentarse en una terraza. Para Valeria todo esto es divertido, porque Paula está muy permisiva. Casi cada día le concede un capricho, que suele tener forma de helado y sabor a chocolate. Valeria no para de parlotear y consigue su atención completa —y alguna bronca, porque sigue hablando fatal—, ajena del todo a lo que le sucede a su madre. Cualquiera que las observe, ahí sentadas, no percibirá nada más que una madre con su hija, disfrutando felices de una noche de verano.

Sin embargo, eso es solo apariencia, una engañosa calma, la imagen que Paula ha decidido proyectar y no se ha permitido ni siquiera el alivio de una charla con Ana, su amiga. No quiere que nadie sepa cómo se siente de verdad porque está dispuesta a hacerle frente sola a la decisión que tomó. No está siendo nada fácil.

El trabajo se ha vuelto insoportable. Se está planteando muy en serio un cambio. Andrea está allí y, aunque se esfuerza porque el trato sea cordial, al verlo no puede evitar acordarse de todo lo que está tratando de apartar de su mente. Él es un fracaso más en la suma de su cuenta vital, aunque se siente bien por haber sido capaz de liquidar esa relación que no tendría que haber empezado. En cuanto regrese de las vacaciones, valorará las posibilidades de trasladarse a la sucursal que tiene su empresa en Málaga. No existe ningún vínculo allí, pero le parece buena idea empezar en otra parte. Lejos de su familia, pero también lejos de Javier. Lo único que le preocupa es que no quiere que Valeria pague las consecuencias. Apartarla de su padre no es buena idea y obligarle a viajar tan lejos para estar con ella cuando le corresponden las visitas, tampoco.

Durante este tiempo, se han visto algunas veces, pero sin traspasar la frontera que ella misma dibujó entre los dos con una tiza imaginaria. Se siente, además, culpable por haber roto otra relación de Javier. No es la primera, pero está decidida a que sea la última que destroza. Por eso lo mantiene a distancia, intentando convencerse de que está haciendo lo correcto y hay instantes en que hasta lo cree, porque en estos sesenta días no han discutido. Ni le ha besado. Ni ha rozado su piel. Ni se ha dejado llevar por esa fuerza extraña que la impulsa hacia sus brazos, por más que sienta que sigue ahí, adormecida a golpe de una voluntad que se vuelve frágil en cuanto cruzan las miradas, esas que hablan mucho más de lo que permiten a sus bocas. Javier no ha insistido en hablar de nuevo y da por hecho que también se está rindiendo a la evidencia de que entre ellos esa es la mejor opción.

Tienen que olvidar. Paula se está obligando a ello, pero cómo cuesta. Lo que siente al lado de él es luz, pero demasiadas veces la ha apagado su inseguridad y necesita salir de ese bucle en el que lleva tanto tiempo metida. Necesita acostumbrarse a vivir en la oscuridad. No será imposible cuando sus pupilas se acomoden, cuando logre dejar de lado lo que siente al tenerlo cerca. Pero ha conocido la sensación del sol sobre su piel: resignarse al frío que provoca su ausencia va a ser muy difícil.

Tal vez no sea tan mala idea lo de Málaga.

—Mamá, ¿puedo comerme otro helado? —pregunta Valeria, sacándola de sus cavilaciones.

—No, otro no, uno por día. No abuses.

—Es que está muy rico.

—Ya lo sé, pero lo dejamos para mañana. Además, hay que volver a casa ya, es muy tarde. Y ten cuidado que te estás poniendo perdida la camiseta.

—¡No es tarde! Mira cuánta gente hay.

—A ti nunca te parece tarde —dice Paula.

—Pero no nos vamos a ir. Todavía no —insiste, cabezota.

—Sí, Valeria, son las doce y media.

—Mañana no tenemos que madrugar. Otro helado, porfa —suplica.

Una moto aparca en la acera, al lado de la terraza. Paula se gira, es algo que no puede evitar. Cada vez que escucha el sonido de una motocicleta se queda mirándola, buscando a Javier. Es otra cosa más de la que deshacerse, una manía tonta de las suyas que tendrá que aprender a apartar de una patada. Como esquivar pisar las líneas de la acera o contar escalones. El conductor se baja y sabe que no es él. Reconocería su cazadora vieja entre miles. Cierra los ojos y respira, intentando sacudirse la sensación que ha vuelto en tropel a ella, el deseo de volver a encontrarlo aunque sea por casualidad. Piensa que solo han pasado dos meses, que no ha sido suficiente tiempo para curar su dependencia. Si es que eso, alguna vez, tiene cura.

—Vámonos, Valeria —le dice a la niña, y cuando se está levantando, el móvil suena.

Es Ángel.

Paula entra por la puerta de urgencias del hospital y empieza a caminar sin rumbo por los pasillos. Un celador la detiene, pensando que se ha perdido y no ha visto el mostrador donde se recibe a los pacientes que derivan de los centros de salud.

—Señora, es ahí donde tiene que entregar los papeles antes de que la vea un médico —le dice, señalándole un pequeño cubículo acristalado, al lado del cual hay dos o tres personas haciendo cola.

—No vengo a urgencias, estoy buscando a un familiar —responde, alterada.

—¿Sabe dónde está?

—Me acaba de decir que en la sala de espera.

—Sígame, es por aquí —contesta, el celador.

El lento recorrido por el pasillo incrementa su inquietud. Desde que Ángel la llamó no ha parado de correr. Primero, para ir a buscar su coche. Después, para dejar a Valeria con su madre. La niña le ha hecho mil preguntas sobre dónde va a esas horas y ella no ha sido capaz de contestar de manera coherente, porque ni siquiera es capaz de entender qué ha pasado. Paula quiere correr hacia la sala de espera, pero se obliga a controlarse y sigue los pasos del hombre. Cuando le indica que han llegado a la habitación plagada de gente que a esas horas espera ser atendida, busca a Ángel con la mirada. Le cuesta un poco localizarlo porque está derrumbado en una de las sillas de plástico, con la cabeza hundida entre las manos. Le toca el hombro y él levanta la mirada. Tiene los ojos hinchados de llorar y un gesto tan abatido como el de Paula, que no encuentra ni una sola palabra para consolarlo. Decide que no es el momento de hablar sino de un abrazo. Están así varios minutos, en medio del extraño silencio que envuelve a esa habitación llena de gente.

—¿Cómo está? —pregunta Paula, soltándole para que puedan mirarse.

—En un coma inducido. Dicen que es lo mejor ahora…

—¿Qué ha pasado?

—¡Un maldito imbécil, eso es lo que ha pasado! Reduje para hacer la rotonda normal, miré a la izquierda y me aseguré de que no venía nadie antes de incorporarme y no había avanzado ni cinco metros cuando ese coche nos embistió por la derecha. No paró antes de entrar, Paula, tenía que haber parado él y yo… Ni lo vi. ¡Hijo de puta!

—Tranquilo.

Le pasa el brazo por el hombro y deposita un beso en su mejilla. En ese momento se da cuenta de que Ángel tiene un corte en la cara cosido con varios puntos y la camisa con rastros de sangre reseca. Él llora y pausa el discurso, incrementando la ansiedad de Paula, que no sabe si instarle a que siga o dejarle que tome fuerzas para seguir hablando. Opta por lo segundo, mientras sus propias lágrimas empiezan a emborronarle la visión. Es de Javier de quien hablan y no entiende cómo ha logrado mantenerse en pie hasta ese momento, como ha conseguido llegar hasta esa sala de espera después de la llamada de Ángel. En su organismo, escuchar las palabras accidente y Javier juntas ha provocado un cataclismo. El ritmo cardiaco se ha acelerado y su cerebro ha buscado alivio inmediato, incrementando la respiración para que las células siguieran recibiendo el oxígeno necesario. Se ha quedado pálida y hasta ha sentido frío aunque la noche sea tan calurosa.

—Dime qué te han dicho, por favor —le ruega Paula. Lo único que le importa saber es eso.

—Está grave. Han tenido que operarle porque tiene

un trauma craneal con un coagulo y un brazo roto. No van a intentar despertarlo por lo menos hasta pasado mañana. Dicen que estas primeras cuarenta y ocho horas son esenciales. Puede pasar cualquier cosa.

Paula, en ese instante, se derrumba. Cae en la silla, sin fuerzas. Hace un rato estaba sentada en una terraza comiendo un helado con Valeria y lo único en lo que pensaba era en huir, en irse lo más lejos posible para no tener que volver a verle. Ahora, con el temor de perderlo para siempre recorriéndole las entrañas se da cuenta de la estupidez de su decisión de apartarlo de su vida. Permanecer al lado de Javier es lo que más desea, encontrarse de nuevo con sus ojos y, si hace falta, discutir con él hasta que se queden afónicos. Pero que esté bien. En pie. La decisión de marcharse lejos de él se ha caído de la agenda en el instante en el que Ángel le ha contado por teléfono que un coche, que ha entrado sin mirar en una rotonda, ha impactado de lleno en la puerta del copiloto, donde viajaba Javier. Ha logrado seguir adelante hasta ahora, hasta que se ve en la sala de espera del hospital. Impotente. Inútil para ayudarle, porque ella no es médico.

—Lo siento —le dice Ángel, disculpándose por no haber sido capaz de anticiparse a la torpeza de otro. Él, al fin y al cabo, es quien iba al volante y lo que peor lleva es que casi está ileso. Un pequeño corte que seguro que dejará una marca, poca cosa.

Están un rato sin hablar, sin hacer preguntas porque ahora no importa nada más que esperar a que les digan algo. Los minutos pasan y, poco a poco, van llegando familiares. Ana, la mujer de Ángel. Los padres de Javier. Después Silvia y hasta Mario se presenta en el hospital para arroparlos. Todos llegan con preguntas que Ángel contesta como puede y, cuando el médico se marcha, después de darles las últimas noticias del estado de Javier, Silvia le pide a Paula que salgan fuera. Dentro de la gravedad está estable, pero aún queda mucho para saber si saldrá de esta, si tendrá secuelas y para pensar en una habitación al margen de la UCI. No hacen nada allí, salvo ahogarse por la lentitud con la que se arrastra el tiempo.

En la calle refresca. Cerca de la puerta de urgencias hay varias personas apurando cigarros, matando los nervios con un veneno que consideran más suave que el que circula por sus venas a modo de preocupación por sus seres queridos enfermos. Son las cuatro de la mañana de una noche de luna llena de verano.

Qué extraño es todo. La vida cambia en un instante. Entre ella y la muerte solo dista un segundo, dependen de una decisión muchas veces insignificante. De elegir mal o bien un desvío. De dejarse llevar por lo que sientes o por lo que crees que es mejor. En esta noche, en la que el camino de Javier recorre un puente inestable sobre un desfiladero, Paula se da cuenta de que, si pudiera dar marcha atrás en el tiempo, hubiera elegido arriesgarse a intentarlo. Lo que le pidió. Lo sabe con una certeza que está quemándola desde dentro. Ha sido una estúpida. Ha tenido que ocurrir un accidente para que sea consciente de que no somos eternos, tan solo simples mortales. Que llegamos al mundo sin una fecha para dejarlo, por más que las estadísticas hablen de una esperanza de vida que incluso se permite el lujo de variar por sexos. No puede ser que Javier se tenga que ir ya. La estadística es solo eso. Estadística. Un recuento de datos cuyos resultados no garantizan que vivas ochenta años. Javier no tiene ni la mitad y es posible que esa sea su última madrugada.

¡Mierda!

No ha habido nada que hiciera predecir lo que está sucediendo en ese momento. Los accidentes no dejan pistas con las que podamos ni siquiera intuir que están ahí, esperándonos. Paula tiembla como una hoja y Silvia la arropa con un brazo mientras la obliga a caminar sin rumbo por la acera próxima a la entrada de urgencias. Necesita que hable y no se quede con los pensamientos que en ese momento intuye que están agitando su cerebro.

—Se pondrá bien —le dice, alimentando con sus palabras la esperanza que no debe perder.

—¿Qué le voy a decir a Valeria? —pregunta Paula.

—No te preocupes, ya se nos ocurrirá algo. Además, piensa que sigue vivo. Eso es lo único que importa ahora, que continúa ahí, luchando para salir adelante.

Se apoyan en un murete. Alguien lo diseñó para albergar jardineras, quizá en un intento de dotar de color el mustio paisaje de la entrada de urgencias de un hospital, pero no tiene plantas. El espacio reservado para ellas conserva la tierra y algunos tallos resecos entre las cientos de colillas de tabaco que se acumulan. Se han convertido en improvisados ceniceros. Durante unos minutos, no dicen nada. Paula llora en silencio, dejando que las lágrimas resbalen por sus mejillas al ritmo de los recuerdos que han decidido acompañarla en tropel. Del momento en el que se conocieron.

Del tonto accidente de coche que tuvieron ambos el primer día que pasaron juntos. De ese otro, un poco más aparatoso, cuando destrozaron el viejo Vespino de Javier y que a él le dejó una pequeña cicatriz en el abdomen, mientras que a ella no le pasó nada.

Su mente bloquea el dolor con una barricada de recuerdos felices. Sus reencuentros. El día que nació Valeria. Sus besos. Su sonrisa. La noche en la cabaña o aquella otra, cuando se encontraron en un bar y se olvidaron de que no habían ido ni solos ni juntos, antes de desaparecer en medio de la madrugada. De esa noche de la que les queda un recuerdo de siete años que se llama Valeria. Si cierra los ojos y se concentra, puede rememorar el aroma de su cuerpo y cada detalle de su rostro. Puede verle con Valeria recién nacida entre los brazos o atándola en la silla del coche.

Eso no puede ser el resumen de una vida. Faltan muchos datos para que la historia entre ellos dos esté completa. Les queda mucho por vivir. A ella, lo sabe, también le queda un amor inmenso que le pertenece y se lo quiere dar.

—¿Mejor? —le dice Silvia, al verla abrir los ojos.

No se ha movido de su lado, pero tampoco ha querido interrumpirla. Cada uno precisa su tiempo para asimilar y se lo ha concedido. Ahora tampoco le hará reproches, solo le tenderá la mano porque sabe que es lo único que necesita.

—Llevabas razón —dice al fin Paula.

—¿En qué?

—En que teníamos que poner fin a esta historia, pero yo lo hice mal. Puse la palabra fin antes de llegar al final. No se acabará mientras no dejemos de querernos y por mi parte sé que eso no ha sucedido.

—¿Estás segura? Ahora puedes estar juzgando solo por el shock.

—Estoy segura.

Silvia lo ha sabido solo con mirarla a los ojos, pero tenía que obligarla a que se lo confesara en voz alta. A sí misma.

—¿Me dejarán entrar a verlo? —pregunta.

—La primera visita es a las siete y media. Aún quedan unas horas. Supongo que tendrán preferencia sus padres, pero después seguro que puedes.

—Le debo algo. Antes de que sea muy tarde.

La cafetería, a las siete de la mañana, está casi vacía. Solo la ocupan media docena de personas que han pasado la noche en vela en urgencias. La buscan ahora, al amanecer, para tomar un café que se lleve el sabor de ese líquido impreciso que escupen las máquinas expendedoras regadas por los pasillos, de las que se han surtido más para tener algo en lo que ocupar los minutos que por la necesidad de un café. Paula está allí con Ángel y con Mario, que son los únicos que se han quedado en el hospital, además de los padres de Javier. Estos han rechazado acompañarlos: prefieren no moverse de las inmediaciones de la UCI por si hubiera un cambio. No hace falta, les han dicho que si sucede cualquier cosa les llamarán, pero no han insistido. Si se sienten mejor así, que se queden ahí. Paula tampoco quería moverse, pero necesita que el tiempo pase rápido y en ese pasillo parece que está detenido. Les ha prometido a los abuelos de su hija que no tardará en volver. Lo justo para tomar algo que la despeje y regresará a su lado.

En la cafetería solo se escucha el rasgar del papel del azúcar y la cuchara golpeando la taza mientras gira para mezclar la leche. Cada uno se esconde en su silencio particular. La noche ha dado para elucubraciones, para lágrimas, para preguntarse mil veces por qué suceden estas cosas y con la salida del sol están agotados. Ya no tienen fuerzas para seguir hablando por hablar, hay que guardarlas todas para enfrentar lo que sea que deparen los siguientes minutos.

Aunque han preguntado a las enfermeras, cada vez que una salía de la sala de cuidados intensivos, no han podido averiguar nada nuevo. Estable. Es la única palabra que ha salido de sus labios, una buena noticia porque no ha empeorado. Estable. Sumergido en un sueño inducido para que no se entere del dolor. Estable y ausente, en un limbo donde no podrán hablar.

Es lo que más desea. Poder decirle algunas cosas que se ha guardado siempre, pero no sabe si tendrá tiempo, si él llegará a escucharla o si servirá de algo hacerlo ahora. Paula se maldice por los dos meses perdidos, por su estúpido miedo que le hizo empujar de su lado al hombre que más ha querido en toda su vida.

Javier.

Lleva horas planificando la conversación con él, poniéndole palabras a sus sentimientos, buscando las mejores. Sabe que es absurdo porque, en cuando pueda estar a su lado, saldrán las que salgan, se irá seguro con algunas que se le han quedado por los bolsillos y otras, quizá inesperadas, se escaparán de sus labios.

Y ni siquiera él las va a escuchar.

—Paula —le dice Mario, poniéndole una mano sobre la de ella, que reposa en la mesa—. Piensa en que está aún vivo.

Ella le mira, no sabe por qué le está diciendo esto, hasta que se da cuenta de que lleva un rato llorando en silencio, que las lágrimas le recorren el rostro y están acumulándose en la mesa. Absorta como está, ni siquiera se ha percatado de eso.

—Papá, vete a casa, llevas aquí muchas horas y solo dejarán que entren tres personas —le dice.

—De eso nada. Me voy a quedar hasta que salgáis con noticias.

—Y yo, dice Ángel. Se mueve en la silla y tuerce el gesto. Aunque la ropa lo oculte, se le está formando un inmenso moratón en el torso, un recuerdo del cinturón de seguridad.

—Tú deberías estar en una cama, Ángel. También te diste un buen golpe.

—No podría dormir. No sé si seré capaz cuando me vaya a casa —contesta.

—¿Por qué?

—Antes, cuando estábamos en la sala de espera he cerrado los ojos y cuando estaba a punto de dormirme lo he visto.

—¿Qué has visto? —pregunta Mario.

—El accidente. Lo he visto de nuevo. Mi mente ha recreado todo lo que nos ha pasado. Nada más cerrar los ojos he escuchado el impacto. Tan fuerte como si fuera real —dice.

—Es normal, hace solo unas horas que pasó —le dice Mario.

—Y después ha empezado de nuevo la película —continúa Ángel—. El desconcierto, el silencio repentino, el darme cuenta de que Javier no reaccionaba… Durante los primeros momentos ni siquiera pensé en si estaba vivo, solo quería asegurarme de qué tenía yo. Luego, la gente que no sé de dónde salió. Los oía llamar a emergencias, los veía abrir las puertas del coche. La ambulancia, los sanitarios poniéndonos un collarín. El otro conductor, que pedía perdón y me decía algo del seguro. Menos mal que han llegado los guardias y se han ocupado de eso, porque estaba aturdido. Y me siento así cuando cierro los ojos, vuelvo ahí. No voy a poder dormir.

—Te han dicho que vayas a ver a tu médico de cabecera esta mañana —le dice Mario—. Yo te llevo en cuanto sepamos algo de Javier. Si no te lo han dado aquí, que te recete algo para dormir, lo vas a necesitar, al menos los primeros días.

Ángel le pone la mano en el hombro y enseguida se arrepiente, porque el inocente gesto le descubre otro lugar de su cuerpo que tiene secuelas dolorosas. Al moverse ha sentido un latigazo de dolor. El término ileso es un poco relativo. Está vivo y no necesita hospital, pero tiene tantos golpes que le va a costar unos cuantos días volver a hacer vida normal. Mario le dice que no se esfuerce y Paula los mira. Son familia: Mario, un padre para Ángel; y él, su hijo mayor, aunque no lo sean de sangre, sino por uno de esos vericuetos en los que los divorcios y las segundas oportunidades acaban creando familias a las que unen lazos que a veces son más fuertes que la sangre.

—Gracias —le dice Ángel.

—Creo que la misión más importante que me queda en esta vida —dice Mario— es cuidar de vosotros.

—Y no darnos disgustos —le contesta Paula.

Ya no está tan molesta con él por haberse ido sin avisar, pero de vez en cuando se lo recuerda para que no se le olvide. Y, de momento, lo está entendiendo. Desde que volvió casi la informa de cada uno de los pasos que da, no vaya a ser que vuelva a pensar que se ha perdido.

—Prometido. No me volveré a marchar sin asegurarme de que todos sabéis dónde estoy.

—Espero que lo recuerdes, papá.

—Tranquila. Si no me acuerdo yo, Silvia estará ahí para recordármelo.

Los dos se quedan mirándolo. ¿Qué ha querido decir?

—Pensábamos contarlo en la comida que ha organizado Silvia para el domingo. Hemos decidido irnos a vivir juntos otra vez —les dice.

A Paula la noticia le sorprende, porque aún no se ha quitado de la cabeza la escapada de su padre al balneario, acompañado de la mujer del pelo corto, pero decide que no es momento de juzgarlo.

—Vaya —dice Ángel—, esa comida iba a ser memorable entonces.

—¿Por qué? —pregunta Paula.

—Porque Ana y yo pensábamos anunciar que vamos a ser papás.

Esa es otra de las cosas que le han mantenido más tenso. Hace solo tres semanas que saben del embarazo, de ese niño que es más que deseado por los dos, después de los años que llevan juntos. ¿Y si hubiera muerto? Ana se encontraría sin su apoyo y con un bebé. Se ha estado martirizando por el estado de Javier y por la posibilidad de haber dejado a su mujer sola. Aunque sepa que ninguna de las dos cosas ha sido responsabilidad suya, pesan y le aplastan como una losa que le va a costar sacudirse de encima. Cree que, si Javier no sale de esta, no lo conseguirá nunca. Se maldice por haber querido anticiparle la noticia, por haber quedado con él para cenar esa noche entre semana. Podría habérselo dicho por teléfono. Podría…

—Esa comida se tiene que celebrar —dice Paula, cortando su discurso mental.

—Quizá no sea el mejor momento.

—Lleva razón, Ángel —dice Mario—, deberíamos hacerlo y celebrar, además, que estás bien.

—¿Y Javier? ¿Estará vivo el próximo fin de semana? —pregunta él.

—Vamos a la UCI —dice Paula, dándose cuenta de que apenas quedan diez minutos para que el reloj marque las siete y media y que en ese momento no quiere especulaciones sobre el tema. No se irá. No puede irse tan pronto.

No quiere ni oír que para Javier Muñoz exista otra posibilidad que no sea vivir.

El primer turno en la UCI es para la madre de Javier. No pueden pasar todos a la vez, tendrán que hacerlo uno a uno, ya que las estrictas normas del lugar así lo exigen. Después de unos minutos, deja la habitación envuelta en lágrimas y accede su padre. Paula, vestida con una bata verde de papel, con unos patucos cubriendo el calzado y un gorro que esconde su pelo, espera de pie en la puerta. No interrumpe el dolor de la madre, la deja que llore aunque verla así la angustie aún más. Quiere preguntarle cómo lo ha encontrado, si ha podido saber algo nuevo, pero ella está tan abatida que solo acierta a apretarle el brazo como signo de consuelo. Mario y Ángel se la llevan a la cafetería y le dicen a Paula que, cuando salga el padre, le indique dónde están. Los siguientes minutos, sola, se le hacen eternos. Hay más familiares de otros pacientes, tan angustiados por su propio miedo, que no sienten la necesidad de espantarlo con palabras. Por eso el silencio en esa zona del hospital se vuelve espeso y es el mejor caldo de cultivo para oscuras conversaciones interiores. Mira el reloj varias veces y se convence de que no avanza. Hasta que la puerta se abre y el rostro del padre de Javier le indica que, lo que sea que vaya a ver, va a romperla.

Llega su turno. Entra, acompañada de una enfermera. Al acercarse a la cama siente que le fallan las fuerzas. Javier, rodeado de aparatos de los que desconoce su utilidad, ocupa una de las camas. Inmóvil. Ausente, aunque su cuerpo diga que está ahí. Tres monitores, conectados por un montón de cables al pecho, la mano, la cabeza... escupen información incomprensible para Paula. Lleva puesto, además, un respirador cuyo sonido le provoca una terrible angustia. Lo han colocado un poco inclinado, con la cabeza un poco más elevada. Tiene el torso descubierto y ambos brazos extendidos a los lados del tronco y uno de ellos, el que se ha roto, escayolado hasta el codo. Pero lo que más impacta a Paula es ver su rostro cubierto de heridas y morados que lo han desfigurado tanto que casi está irreconocible.

Tiembla cuando le coge una mano. Javier, por su parte, no reacciona. El calor que transmite su piel le indica que sigue vivo, pero por lo demás podría estar muerto y que el movimiento de su pecho fuera solo efecto del respirador, que insufla aire en su organismo. Una enfermera se acerca para revisar los dos frascos que cuelgan de una especie de perchero, que le suministran medicinas por vía intravenosa. Al verla inmóvil, decide hablarle:

—No te angusties. Está bien, ahora no siente nada. Dile algo. Háblale.

—No me escuchará…

—Nunca lo sabemos. Hay casos en los que sí pueden hacerlo y aunque lo más probable sea que no te escuche, hazlo. Por si acaso. Eso le dará fuerza.

—No sé cómo empezar —dice.

—Dale motivos para seguir aquí.

Cuando ella se retira, Paula se acerca a Javier y deposita un beso sobre su frente. Se fija en el moratón en el pecho que empieza a dibujar la silueta del cinturón de seguridad. Con cuidado, le acaricia la mejilla y acerca su rostro al de él. Quiere hablarle al oído, necesita una intimidad que esta habitación no proporciona. Necesita decirle muchas cosas, contarle lo que se arrepiente de su comportamiento, de lo estúpida que ha sido. Siempre ha tenido miedo de perderlo y de hecho lo ha perdido muchas veces por salir huyendo, pero ese miedo ni se parece al de ahora. Era un miedo descafeinado y suave. Este es violento y amargo, el mayor miedo que ha sentido en toda su vida.

Con lágrimas en los ojos, acerca la boca a su oído, respira y, al fin, habla.

—Perdóname, Javi.

Nunca usa el diminutivo con él, ni siquiera sabe por qué ha salido de sus labios. Quizá porque lo ve tan frágil como si fuera un niño desvalido.

—No te vayas. Te prometo que a partir de ahora no me volveré a poner histérica, ni te montaré numeritos tontos, ni me callaré las cosas dejando que se acumulen entre los dos y que nos distancien. Te prometo que, si tú no me quieres en tu vida, me iré, pero no te vayas aún. Por favor. Piensa en Valeria, te necesita. Y yo también.

Habla bajito, consciente de que es probable que él no la escuche. Sigue, dejando que de ella salgan palabras y promesas. Confesiones de un amanecer en el que un sol poderoso entra por la ventana del fondo, pero que ella siente oscuro. Cuando la enfermera llega, para decirle que se tiene que marchar, le da un beso.

Ni siquiera la ve.

Una lágrima.

Resbala por la cara de Javier y busca escondite en un oído.

Los médicos han vuelto a repetirles que estas primeras horas son esenciales. Su recuperación dependerá de que no se presenten contratiempos en ese plazo en el que estará más débil para afrontarlos. Paula, después de verlo y de la aséptica charla con el doctor, en la que se ha perdido entre tantos tecnicismos, ha vuelto a casa abatida. Ni siquiera ha tenido fuerzas para desvestirse, se tumba en la cama hecha un ovillo y cierra los ojos. Está cansada, mucho, y sabe que tiene que hacer el esfuerzo de dormirse porque esto no ha hecho nada más que empezar, pero son tantas las emociones de esa noche que no es capaz. Da vueltas, se ahoga entre los sollozos que es inútil contener y así está un par de horas, hasta que el cansancio le gana la batalla al dolor. Se queda dormida.

Son casi las dos de la tarde cuando suena el teléfono. Su insistente timbre la despierta y lo descuelga sin mirar.

—Paula —le dice el padre de Javier—. Las cosas se han complicado.

Los últimos rastros de sopor se dispersan de golpe y se incorpora en la cama, empujada por un resorte. El corazón, en galopada, provoca un nudo en su garganta que le impide que articule ni una sola palabra. El silencio lo espanta el padre de Javier con una explicación que Paula necesita.

—Han tenido que volver a llevarlo al quirófano. No he entendido mucho, algo de que la fractura en la cabeza ha dejado escapar un líquido… céfalo… no sé qué ha dicho. Están operándolo. Creía que querrías saberlo.

—Gracias, ahora mismo voy.

Le han costado mucho las cuatro palabras que ha logrado pronunciar. Después de unos momentos de desconcierto, empieza a temblar. Tiene que cambiarse de ropa al menos, peinarse, lavarse la cara para refrescar los ojos que siguen ardiéndole, pero apenas es capaz de moverse. No puede dejar de pensar en que quizá esté perdiendo para siempre a Javier. Le ha pedido perdón, pero ni siquiera está segura de que él lo haya escuchado.

Reacciona. Se prepara veloz y pide un taxi que, cuando cierra la puerta del portal, la está esperando para llevarla de nuevo al hospital.

Cuando llega, la operación aún no ha terminado. Todavía pasa una hora hasta que el médico sale para informar a los padres de Javier y lo único que les queda claro es que han logrado controlar el problema, pero el plazo empieza a contar de nuevo. Esas primeras cuarenta y ocho horas claves desde el accidente han vuelto a ponerse a cero. Otra vez comienza una espera marcada en horas, las que tendrá Javier que superar para que ellos puedan volver a respirar con normalidad. No saben qué hacer. ¿Qué se hace en momentos así? Paula intenta serenarse, prohibir a su traidor cerebro que se adelante, que elucubre por su cuenta porque tiene tendencia a dibujar siempre los peores escenarios. Necesita mantener la mente ocupada en cualquier otra cosa. Si la deja a su aire, es posible que tengan que atenderla a ella por un ataque de ansiedad.

Pero no se le ocurre nada.

El hospital no da demasiadas opciones y los padres de Javier no son de muchas palabras y menos en estos momentos, en los que la vida de su hijo pende de un hilo. Decide marcharse a comprar una revista, cualquier cosa con la que entretener el tiempo, pero tampoco funciona. Logra leer, pero las palabras pasan por su mente sin dejar ninguna huella, quizá porque se mezclan con otras, las del debate interno que circula a toda velocidad dentro de sí misma. Reproches. Hipótesis sobre lo que podría haber sido su vida con él si no fuera tan imbécil. Ya ni siquiera llora.

Se mira las manos. Consulta la hora en el teléfono. Cuenta las sillas de la sala de espera. Lee los carteles veinte veces y se levanta otras tantas para ir al baño, intentando que el paseo consuma los minutos. Llama a su madre, porque necesita decirle que no recogerá a Valeria y porque le hace falta escuchar una voz conocida que la ayude a tranquilizarse. En su vida se ha sentido más impotente que ahora. Sin embargo, no es buena idea. Ella le hace una pregunta que ha estado esquivando hasta ese momento. ¿Qué tiene que decirle a Valeria? Tendrá que tomar una decisión. Contar o callar. Es pequeña y, como su madre que es, quiere protegerla, pero se pregunta si será peor, en el caso de que la esperanza se derrumbe, haberla mantenido al margen. Tendrá que asimilar la noticia de una vez y, aunque le haya ahorrado horas de angustia, las emociones se le echarán encima si todo sale mal.

No sabe qué decirle a su madre y opta porque le mienta a Valeria. Que se invente lo que sea hasta que pueda pensar con más claridad.

A las siete y media les permiten pasar. Por turnos, como la vez anterior, y ella vuelve a ser la última. Nada parece haber cambiado dentro. Javier tiene un vendaje diferente en la cabeza, un tubo de drenaje que le han puesto, pero continúa en la misma posición. Si no supiera que le han llevado al quirófano y que han estado operándole, quizá pudiera pensar que no se ha movido. Esta vez es incapaz de encontrar palabras para él. Solo le toma de una de sus manos y está así los doce minutos que dejan que permanezca a su lado. Acariciando la piel.

Sintiendo.

Hasta el cuarto día, todos se repiten para Paula con una secuencia desesperante: alrededor de diez minutos de visita por la mañana, doce horas de angustiosa espera, diez minutos de nuevo por la tarde y una noche en la que solo logra dormir a ratos. Ha tenido que volver al trabajo, pero se las ha ingeniado para cuadrar sus horarios y tener libres las horas de visita.

Está muy cansada.

Otro problema es Valeria. Una tarde pregunta por su padre. Le extraña que no haya ido a verla en tantos días, pero Eva, la madre de Paula, improvisa otra mentira piadosa: tiene un caso importante que investigar y se ha tenido que marchar fuera. También justifica que pase con ella más tiempo de lo normal por el trabajo de Paula. Ha tenido que mentirle también en esto, le ha dicho que un problema con unos pedidos que se han perdido la han obligado a renunciar a las vacaciones.

—No sé si deberías contarle algo —le dice Eva a Paula a media tarde de ese día—. Yo ya no sé qué inventarme.

—¿Y qué le digo? ¿Que su padre está en coma en una cama del hospital? ¿Que no sé si saldrá de ahí? No puedo, mamá. No me pidas que lo haga.

—Solo te digo que se va a enfadar mucho cuando sepa que hemos estado mintiéndole.

—Es pequeña —dice Paula.

—Pero no es tonta —alega Eva.

—Espera un poco, un par de días al menos. Quizá mejore…

Eso es lo que la mantiene en pie. El quizá, la esperanza. Por lo demás, han pasado cuatro días en los que no ha dejado de hablarle durante el tiempo que pasa con él. Todos sus relatos se concentran en momentos felices que han vivido juntos y ella misma, al ponerlos en voz alta, se está dando cuenta de que son muchos más de los que pensaba y muchos menos de los que podrían tener si no hubiera sido tan idiota. Así, con la intimidad que siente al pensar que no la escucha, con la desesperación de sentir la muerte tan cerca, ha ido desnudando sus sentimientos hacia él. Sin filtros, sin mentiras, sin medias palabras que lo embarullan todo siempre, pero con cobardía porque está segura de que, si estuviera consciente, no habría sido capaz de dejarle que los conozca todos.

—Me voy. No quiero llegar tarde a la visita —le dice a su madre. Recoge el bolso y se marcha.

Cada vez es más duro entrar en cuidados intensivos. Paula va viendo cómo algunos pacientes evolucionan bien y otros incluso ya han subido a planta, y siente envidia. Javier, aunque hace dos días que le han bajado la sedación, sigue inconsciente, sin moverse, conectado a toda suerte de máquinas que miden sus constantes vitales y le obligan a respirar. Ese día, el cuarto, ella se queda parada a su lado y le toma la mano. Hoy, mientras esperaba, ha pensado hablarle de un dibujo que Valeria pintó y tiene pinchado en un corcho en su habitación. En él hay tres personas, un hombre, una mujer y una niña en el centro, a la que ambos cogen de las manos. Son su familia y es así como ella sueña que estén: juntos. Cogidos de la mano en un paisaje idílico para sus siete años: un parque. Hay un columpio al fondo, árboles, una pelota y algo que se parece a un balancín.

—Me dice siempre que le gustaría que la llevásemos los dos —le susurra, tras contarle todo lo que pasa por su cabeza, mientras no deja de acariciarle los dedos.

Una de las máquinas emite un pitido diferente y se asusta, pero no es más que un cable que se ha desconectado. Enseguida una enfermera lo vuelve a colocar y el ordenador registra de nuevo la misma secuencia cansina que indica que nada está cambiando. Entonces, Paula se enfada. Mucho. Está cansada de esta moneda que ha caído de canto y permanece en equilibrio sin decidirse por ninguno de los lados.

—¡Eres idiota! —le dice al oído, bajito, pero muy enfadada—. ¡Y me tienes muy harta! ¡Ya está bien, Javier! ¡Vuelve! ¿Qué crees que pasará con Valeria si un día solo existes en ese dibujo? ¿Le vas a hacer eso a tu hija? No, ni se te ocurra. Vas a dejarte de tonterías y regresarás a su lado porque te necesita muchísimo. Las dos te necesitamos, aunque yo me merezca perderte por imbécil, pero Valeria… ¡Valeria no! ¡Sal de donde estés y hazlo ya!

Ha perdido el control, incluso le ha apretado la mano con fuerza y enseguida se arrepiente, porque la máquina empieza de nuevo a pitar. Esta vez no parece que se haya desconectado nada, la enfermera lo revisó todo antes de marcharse. Tiene que haber sido otra cosa. De pronto, lo nota. La mano que tiene aferrada a la suya se mueve. Paula primero la mira y después se fija en sus ojos, que están haciendo el esfuerzo de abrirse. Va a decir algo, pero no le da tiempo porque las enfermeras le piden que salga de la habitación. No quiere, se resiste, pero sabe que allí no pinta nada porque no puede ayudar, así que cede y sale.

Pálida y desconcertada, se encuentra con los padres de Javier en la sala de espera. No han pasado los minutos pactados para la visita y se inquietan.

—Creo que está despertando —les dice.

Y así es. Al cuarto día, Javier despierta. Se asusta al sentir el respirador en su garganta y más aún cuando nota que la mano de Paula le suelta. Las enfermeras, que han acudido enseguida, le sacan el respirador y al principio tose. Después quiere hablar, pero todavía no es capaz. Se ha puesto muy nervioso, no sabe qué hace ahí ni qué ha pasado, pero no es momento de respuestas. Es momento de administrarle un tranquilizante, de conseguir que se serene para después poder explicarle lo que ha sucedido.

Minutos después el médico sale de la UCI y anuncia a su familia que lo peor ha pasado, aunque todavía quedan bastantes días hasta que puedan trasladarlo a una planta. Tienen que asegurarse de que está bien, valorar las secuelas que han podido dejar en su cerebro el accidente y los días sin consciencia. Pero pueden pensar que el primer paso para tenerlo de vuelta está dado.

El profundo suspiro de alivio de Paula se funde con el de la madre de Javier. Al fin, la moneda, ha caído. Y parece que de cara.

Capítulo 10

Para que la luz brille tan intensamente,
la oscuridad debe estar presente
Francis Bacon

Una semana después de que entrara en ella, Javier abandona la UCI. Su juventud y fortaleza física han tenido mucho que ver con la recuperación favorable. Durante los primeros días tuvo problemas de visión y mareos que han ido remitiendo, así como el hormigueo que sentía en las piernas, aunque aún no han considerado oportuno que se ponga en pie. Le quedan semanas de rehabilitación para volver a ser el que era, aunque los indicios apuntan a que lo conseguirá.

Los días que ha pasado consciente en cuidados intensivos han sido una tortura para las enfermeras. No ha parado de quejarse para que recomendasen al médico que lo sacara de allí, alegando que está muy bien, aunque eso no sea del todo cierto. No le gusta el dolor que se respira en la habitación, las carreras cuando entra alguien muy grave o cuando a otro le llega su momento y los médicos, a pesar de sus esfuerzos, no pueden vencer a la muerte. Necesita salir de ahí y, sobre todo, que las visitas duren un poco más. El día se le hace eterno hasta que llegan los dos únicos momentos en los que las permiten y se le antojan demasiado breves. Los treinta minutos que puede ver a su familia pasan tan veloces que necesita salir de las restricciones de esa sala. Cuanto antes.

Los padres de Javier, más tranquilos, han cedido en algunas ocasiones sus turnos de visita a las personas que le quieren. Paula no. Aunque sean dos minutos, ha querido entrar y verlo. Siempre se reserva para el último momento y él está encantado con el postre, pero desearía poder saborearlo más. Los minutos que están juntos le saben a poco.

Desde que despertó, no han hablado de ellos dos. Las palabras que intercambian se reducen casi a repasar las valoraciones médicas y a que ella le dé ánimos, pero sabe que hay algo diferente en Paula: la actitud. Es como si, al fin, se hubiera relajado a su lado. Sonríe, le acaricia el rostro, le pregunta si le duele algo y, cuando se despide, lo hace con un beso. En la mejilla, pero que se prolonga como las despedidas que no quieren hacerse, que se alarga en una mirada que le está contando mucho más que su voz. Javier intuye que ha cambiado de idea respecto a los dos, pero le falta tiempo e intimidad para preguntárselo a ella, que se guarda a propósito cualquier confesión sobre sus sentimientos.

Por eso ha insistido tanto en marcharse a una habitación en planta y al final lo ha conseguido. Es doble, pero de momento no hay otro ocupante y le han devuelto el móvil, que hace días que reclama. Lo primero que hace, en cuanto le dejan allí, es pedir a una enfermera un cargador. Ella localiza uno compatible con su teléfono y, cuando el nivel de batería se lo permite, llama. Son algo más de las diez de la noche de un viernes.

—¿Diga? ¿Javier? —Paula tiene el número memorizado y ver que es él quien realiza la llamada le provoca un sobresalto.

—Hola.

—¡Javier! ¡Te han dado el teléfono! Pensaba que te había pasado algo y que alguien me estaba llamando por ti.

—Lo siento, no te quería asustar. Solo quería decirte que ya me han sacado de la UCI.

—¿Sí? ¡Bien! —Paula no puede evitar soltar una expresión cargada de alegría—. Sabía que no tardarían, has evolucionado muy bien. Pero, no nos han dicho nada esta tarde, pensé que te quedarías allí al menos hasta el lunes.

—Eso pretendían, dejarme ahí, pero puedo ser muy persuasivo cuando quiero —le dice.

—No hace falta que me lo jures —contesta ella. Está bailando por dentro, feliz, porque ahora sí está segura de que lo peor ha pasado. Tardará en recuperarse, pero lo hará.

—¿Puedes venir a verme? —le pregunta Javier.

—¿Cuándo?

—Ahora.

—¿Ahora? No es hora de visitas, no sé si me dejarán entrar —duda Paula.

—¿Tú quieres o no? Bueno, no me acordaba de Valeria, a lo mejor no son horas para dejarla con alguien. Estará ya dormida.

—Está con mi madre, eso no es problema. Quiero ir, pero la puerta principal está cerrada por las noches. No me digas que has robado una silla de ruedas y vas a bajar tú… —bromea.

—Ojalá, pero no estoy tan bien como para dejar la cama. Además, no sé dónde tienen las sillas, aún no he tenido tiempo de investigar. Puedo pedirle a uno de mis hombres que te acompañe con cualquier pretexto. No sé, que venís a tomarme declaración por el accidente, por ejemplo.

—¿A las diez de la noche? ¿No te parece un poco inconsistente esa excusa?

—Bueno, me acaban de dejar salir de la UCI, no se ha podido hacer antes… Quizá se lo crean.

—No hace falta, sé cómo colarme —dice Paula. Se pierde el gesto de felicidad que ha hecho Javier, porque desde el teléfono eso no se ve—. ¿En qué habitación estás?

—¿De verdad no te importa venir? —pregunta él.

—¿De verdad tienes que preguntarlo? —responde ella—. Tú espérame despierto.

—Paula —la llama antes de que cuelgue.

—¿Qué?

—No tardes.

—Descuida. Pero dime la habitación, ¿no?

Paula ha tenido tiempo esos días para perderse por los pasillos y sabe dónde está la escalera que comunica urgencias con las plantas. Colarse no resulta complicado. Lo más práctico es fingir naturalidad, como si no estuviera haciendo algo prohibido, pero le cuesta porque no está tranquila. Por fin van a poder estar juntos más de diez minutos. Una vez que esté en la habitación no habrá peligro, porque permiten a los pacientes que una persona los acompañe por la noche. Sin embargo, llegar hasta él sin llamar la atención va a ser más difícil.

Recorre el pasillo de urgencias a buen paso y al llegar a la sala de espera se detiene un instante para observar el movimiento de personal. El único obstáculo es el mostrador de las enfermeras. Cuando está a punto de rebasarlo, un celador le da el alto.

—Aquí no se puede estar —le dice, de mala manera, intimidándola con su envergadura. Algunos armarios son más pequeños que este hombre.

—Perdón, estoy buscando el baño que hay en ese pasillo —contesta, señalando el de la izquierda, donde sabe que hay uno—. En el de fuera no hay papel.

Sonríe y pone cara de niña buena, y no sabe si es que el celador es demasiado crédulo o ella bastante convincente, pero le franquea el paso, no sin recordarle que está haciendo una excepción con ella. Nada más girar, vuelve la mirada atrás, buscando asegurarse de que no hay nadie vigilando sus pasos. Comprueba que está despejado, acelera y toma otro pasillo que, en unos metros comunica con la zona de ascensores, detrás de los cuales están las escaleras. En ese momento, el ascensor que conduce a las habitaciones está allí, con un solo pasajero en su interior, pero se cierra delante de las narices de Paula.

—¡Mierda!

No tiene paciencia para esperar, sobre todo porque corre el riesgo de que alguien le pregunté qué hace ahí, así que no se lo piensa: enfila la escalera, después de echar un vistazo hacia arriba. Cuatro plantas no son muchas y cuanto antes empiece a subir, antes podrá encontrarse con él. Empieza a hacerlo, salvando los escalones dos a dos, y al llegar a la tercera planta comienza a respirar con dificultad. En ese momento escucha la charla despreocupada de dos personas que bajan. No pasa nada, subir corriendo por una escalera de hospital a última hora de la noche, una que se supone que está cerrada a esas horas, «no es tan raro», se dice.

—Claro que es raro —murmura bajito, mientras cambia el ritmo de sus pasos por uno más acorde con alguien que no esconde nada.

Cuando se cruzan, los saluda con educación, disimulando como puede que está sin aliento y muy nerviosa. No quiere que la echen, ahora que está tan cerca. A pocos pasos de concluir el tramo que conduce a la cuarta planta, solo le quedan unos pocos escalones hasta alcanzar el pasillo que comunica con las habitaciones, el cual se bifurca en dos. En ese espacio han colocado una sala de espera para visitas, un pequeño habitáculo con sillas de plástico y varias máquinas expendedoras, en esos momentos vacío. Parada ahí, intenta recordar el número de habitación que le ha dicho Javier y, después de comprobar en los carteles la distribución de las habitaciones, decide que tiene que girar por el pasillo de la izquierda. No ha dado ni un paso cuando, al fondo, ve a tres mujeres con uniforme sanitario, hablando en el control.

Cuando una de ellas se gira, a Paula le entra el pánico y se aproxima a una máquina de las que dispensan bocadillos y tentempiés diversos. Busca unas monedas en el bolso y saca lo primero que pilla: un sándwich de pavo y lechuga con mahonesa. Y ni siquiera le gusta la lechuga. Con él en la mano, decidida, entra en el pasillo.

—Buenas noches —le dice a una mujer, con la que se cruza.

—Buenas noches, que aproveche —contesta la joven.

Suelta un suspiro de alivio a la vez que ve, dos puertas más adelante, el número de la habitación de Javier. ¡Ya está!

—Perdona —escucha a su espalda.

Los latidos de su corazón, que ya venían alterados de la carrera por la escalera, se incrementan. Es la voz de la mujer con la que se acaba de cruzar, una auxiliar según ha leído en el bolsillo de su uniforme. Empieza a maquinar excusas para estar allí, antes incluso de que la mujer diga una sola palabra más. Incluso, en el instante que tarda en darse la vuelta, le da tiempo a pensar en ponerse de rodillas y suplicarle que no la eche.

—¿Sí?

La mujer, que se ha distanciado unos pasos antes de hablar con ella, se le acerca. Habla bajo, para no molestar a los pacientes que en su mayoría deben estar dormidos a esas horas.

—Yo que tú, me lo pensaba —dice muy seria.

—¿El qué? —pregunta Paula, desconcertada.

Los ojos de la auxiliar, fijos en el envase de plástico que envuelve el sándwich, empiezan a darle una pista de por dónde van sus palabras, pero no respira hasta que la escucha:

—Están caducados desde hace por lo menos una semana.

Mira el bocadillo que tiene en la mano y está a punto de darle las gracias, cuando ella sigue:

—Algún día estas máquinas nos van a dar un disgusto.

Se da la vuelta y continúa andando, mientras Paula respira y sigue buscando entre los números en las puertas. Dos más y habrá llegado al objetivo. La encuentra cerrada y antes de accionar el picaporte está nerviosa. No solo por su pequeña aventura por los pasillos, es porque está segura de que esa noche marcará una nueva etapa.

La habitación permanece sumergida en la penumbra. De la cama llegan unos sonoros ronquidos que cuentan que está tranquilo. Paula no se atreve a importunarlo, es mejor que descanse, que recupere fuerzas cuanto antes. Está ansiosa por hablar con él, por besarlo también, pero se queda a un lado, sentada en el incómodo butacón que forma parte del mínimo decorado de las habitaciones de hospital. No piensa despertarlo, esperará paciente el tiempo que haga falta. Los días en la unidad de cuidados intensivos no le han permitido descansar, es una habitación que tiene siempre la luz encendida y quizá ahora, que ha logrado silencio, oscuridad e intimidad, ha encontrado el reposo que le estaba haciendo tanta falta.

Los minutos pasan y no despierta, pero a ella no le importa. Escucharle respirar por sí mismo, aunque ronque, suena a música celestial después de haberlo visto dependiendo del respirador. No sabe qué hacer, no tiene sueño, así que saca el móvil del bolsillo. Quizá podrá encontrar algo que leer si navega por internet, algo que ayude a que el tiempo se le haga más corto, porque lo cierto es que a ella el sueño se le ha pasado de golpe.

En la barra superior de la pantalla, observa un icono que le indica que tiene un mensaje de chat. Antes de entrar en el hospital silenció el aparato, para que no le diera por sonar en el momento más inoportuno de su incursión nocturna, y no se ha enterado del mensaje. Desliza el dedo hacia abajo, para ver de quién se trata, y comprueba que es Javier quien se lo ha enviado. No tarda ni medio segundo en darle para que acceda a la aplicación, y así poder leer lo que le cuenta.

Javier: *¿Cuándo llegas? Se me está haciendo eterna la espera. ¿Te has perdido?*

Sonríe. Se ha tenido que quedar dormido mientras ella llegaba. Parece impaciente, pero no va a despertarlo porque necesita seguir reposando. Entonces, cuando está a punto de guardar el teléfono, se fija en dos detalles: la hora del mensaje, apenas dos minutos antes de que haya cogido el móvil, y que Javier está escribiendo de nuevo.

¡No puede ser! El hombre que está en la cama duerme tranquilo. ¿Qué pasa?

Javier: *Paula, ¿dónde estás? ¿Has decidido no venir?*

Contesta.

Paula: *Claro que he venido. Estoy en la habitación. ¿Dónde estás tú?*

Duda. La otra cama está vacía, pero no se imagina

dónde se ha podido meter Javier a esas horas. ¿Está en el baño o…? Un pensamiento la invade: quizá se haya puesto peor y se lo hayan tenido que volver a llevar a la UCI. Empieza a acelerarse, preocupada, pero otro mensaje entra en ese momento:

Javier: *Si estuvieras aquí te vería.*

Paula: *¿En qué habitación me has dicho que estás?*

Javier: *409.*

¡Dios! Los nervios, la emoción del reencuentro, el despiste que se gasta… cualquiera sabe qué es lo que ha sido, pero ha entendido 419. ¡Mierda! Abre la puerta despacio y se fija de nuevo en el número de habitación. Efectivamente, está en la habitación que no es, velando el sueño del que ahora sabe que es un desconocido.

Paula: *Espera un momento, ahora voy.*

Se acerca sigilosa al hombre que ronca a sus anchas y, aprovechando la leve claridad que entra por la ventana, observa su rostro. Tiene por lo menos setenta años y no se parece a Javier en nada. Ahora que se fija bien, es demasiado menudo comparado con él.

Contiene la carcajada que ha estado a punto de escaparse espontánea de su garganta y se dirige a la puerta, que vuelve a abrir con cautela. Asoma la cabeza lo justo para observar si hay alguien, pero el pasillo está tranquilo, así que podrá recorrerlo sin problemas. En cuanto se oriente para buscar la dirección correcta.

Cuando entra en la habitación de Javier, este la saluda con una sonrisa.

—¿Dónde estabas?

—Nada, acompañando al enfermo de la 419.

Él niega con la cabeza y se ríe. No tiene remedio.

A la mañana siguiente, la familia del enfermo al que ha hecho compañía, seguro que se preguntará de dónde ha salido un sándwich de pavo caducado que ha aparecido en la repisa de la ventana.

Durante los primeros minutos que permanece en la habitación, Paula le cuenta su aventura por los pasillos del hospital y su cariñosa entrega con el paciente de la 419. No ha querido molestar su descanso y, aunque no recordaba que Javier roncase de manera tan alarmante, ni siquiera ha dudado un segundo de que se tratase de él. La penumbra ha ayudado bastante, pero también su despiste, algo que arrastra desde la infancia y que se teme que nunca se separará de su personalidad. Se ríen los dos un rato de la anécdota y cuando la conversación se agota, es ella quien cambia de tema.

—¿Me vas a explicar por qué tenías tanta prisa en verme? —pregunta Paula—. Podrías haber esperado hasta la mañana para llamar.

—Ven —contesta él, haciendo un gesto con la mano para que se siente a su lado, en la orilla de la cama—. Por la mañana esto se llenará de gente y no tendremos un momento a solas.

Obedece sonriendo. No hay ningún otro sitio en el mundo donde le apetezca más estar. Le toma de la mano y espera a que él le cuente algo más.

—Estoy muy enfadado contigo —le dice.

Eso es algo que Paula no se espera. En todos los días que lleva consciente no ha notado signos de que él estuviera ni siquiera molesto, por eso, al escucharlo, se tensa. Ni siquiera sabe qué decirle, así que opta por dejar que siga hablando.

—Me gustaría que me contases algunas cosas que han pasado estos días —dice Javier.

—He estado muy preocupada —contesta Paula, para darse tiempo a pensar qué ha podido suceder que le haya hecho enfadarse—. No sabes lo difícil que ha resultado mantener a Valeria al margen. No para de preguntar por qué no la llamas.

Es el resumen, pero insuficiente para explicar lo que la ha desbordado la situación, sobre todo los cuatro primeros días en los que la vida de él estuvo pendiente del fino hilo que separa vivir de morir. Ha sido una respuesta neutra y Javier quiere otra. Una más acorde con la realidad.

—Te he escuchado —dice.

—¿Cómo? —Paula está sorprendida. Tarda solo medio segundo en entender de qué le está hablando.

—Todo lo que me contaste. Todas y cada una de las palabras que dijiste mientras estaba en coma.

—¿Todo?

Su cara sigue reflejando incredulidad y se abre paso también en ella cierta vergüenza. No en vano, en esos días, se ha desnudado por completo. Desnudar el alma provoca mucho más pudor que desnudar el cuerpo.

—Todo —dice él.

—¿Escuchaste cuando me enfadé? ¿Por eso estás muy enfadado? —le pregunta, acordándose del momento en el que salió del coma.

—No, no es por eso, y sí, te escuché. Incluso creo que es lo que me hizo despertar.

—Dijeron que tal vez podrías, pero no había ninguna reacción y pensé que no...

—Pensaste que, como no te escuchaba, podías dejar de esconderte. Estoy enfadado porque has esperado para decirme todas esas cosas mientras pensabas que no me podía enterar. Quiero oírlas, Paula. Ahora que estoy consciente quiero que me las digas.

—Pero ya las sabes... —Intenta escaparse.

—Es importante para mí. Para los dos.

Se queda en silencio y durante unos momentos le esquiva la mirada. Hablarle cuando estaba convencida de que él no podía oír sus palabras fue sencillo. Se dejó llevar y el monólogo fluyó solo, pero ahora, frente a frente, con los ojos de él clavados en los suyos, le va a costar mucho más.

—Si me escuchaste, lo sabes. Sabes que te quiero.

—Sé algo más —le dice Javier.

—¿Qué?

—Sé que por primera vez el miedo no te ha hecho huir.

—¿A qué te refieres? —pregunta.

—Todas las veces que has sentido miedo, que has pensado que nos distanciábamos por algo, antes de hablarlo has salido corriendo. Desde aquella vez que tus amigas te contaron yo qué sé qué tonterías sobre Susana, cuando me dejaste sin ni siquiera explicármelo. Todas menos esta. Te has quedado a mi lado, sin faltar ni un solo día.

—No es lo mismo. Estaba muy asustada, pensé que te perdía para siempre.

—Pero no te fuiste. ¿No crees que es hora de que

nos demos una oportunidad? Pero en serio, no como hasta ahora.

—Yo… quiero hacerlo —le dice bajito.

—Pues hagámoslo, pero vamos a empezar poniendo unas normas.

—No creo que ponerle normas le venga bien a una relación —dice ella. No esperaba que le saliera con algo así.

—Son muy sencillas.

—A ver, te escucho.

Se acomoda un poco en el rincón de la cama en el que está sentada, con cara de alumna atenta que va a tomar apuntes sobre lo que le cuenta su profesor favorito.

—Primera: nada de anticiparse a lo que podría pasar ante cualquier imprevisto —dice Javier.

Ella asiente con la cabeza. Sabe que es su principal problema, pensar demasiado y demasiado mal, y así no hay manera de acertar nunca. Acaba de vivir unos días en los que se anticipó mil veces a un desenlace que al final ha resultado ser otro muy distinto.

—Me va a costar.

—Es hora de abandonar viejas costumbres que no conducen a nada. ¿Preparada para la segunda? —le dice, mientras le suelta la mano y acaricia con la palma su rostro. Paula gira la cabeza y le regala un suave beso.

—Preparada —contesta.

—Segunda: pensar en todo lo bueno que tenemos antes de explotar y acabar discutiendo. Esa no es difícil. Estos días me has demostrado que te acuerdas. Se te escapó el genio una vez, pero fue por una buena causa, así que no la contaremos.

—De acuerdo —sonríe ella—. ¿Tercera?

—Tercera: hablarlo todo. Sin quedarnos con nada dentro.

—Y sin discutir —añade ella.

—Y sin discutir.

—¿Alguna más?

—Creo que solo una, la cuarta —dice Javier—: perdonarnos si alguno se equivoca.

Paula sabe que esas reglas tan sencillas se las han saltado muchas veces y también que, después de lo que ha vivido esas semanas, ha sido la mayor estupidez que ha cometido en su vida porque quiere a este hombre.

—¿No hay más? —le pregunta.

—Te he dicho que eran pocas y sencillas. ¿Se te ocurre alguna?

—Sí.

—Dime...

—No dejar de querernos.

—Esa ya la tenemos. Es la única que no nos hemos saltado nunca.

No hacen falta más, al menos esa noche. Paula suspira, un suspiro audible que deja escapar del todo la angustia en la que ha estado sumergida desde hace mucho. Es tan sonoro que hace que Javier se ría de ella y se gane un manotazo cariñoso. Después, despacio, empieza a hablar. Palabra tras palabra, recompone los monólogos de los días en la UCI. Un *striptease* sentimental que se desliza por la noche y no termina hasta la madrugada, cuando una enfermera pasa a la habitación para comprobar qué tal ha pasado esas horas y darle la medicación de la mañana. Un principio que se asienta en cinco pequeñas normas que, si son capaces de cumplirlas, puede poner punto final a años de idas y venidas, de dudas tontas que los han mantenido separados.

Quizá han madurado.

El primer día de Javier en planta se diluye entre visitas médicas y otras, las de sus familiares y amigos, que se presentan a la vez, impacientes por ver que está de vuelta. Después de los primeros días en los que se acumularon la angustia y el miedo, hoy es día de celebrar la vida, de darle la bienvenida al mundo, como si de un nuevo nacimiento se tratase. Incluso le han traído flores y bombones.

Con él en la habitación está Paula, como todos los días, que no ha hecho ni caso a la enfermera jefa de la planta. Esta ha entrado una vez en la habitación, una de esas en las que se acumulaban las visitas, y los ha echado con cajas destempladas. Y, de paso, se ha llevado las flores, porque no se permiten. Paula se ha hecho la loca, ignorándola para no irse de su lado y cuando llega Ana, su amiga, están los dos solos. Ana se acerca a la cama de Javier y le da un beso y después se funde en un abrazo con Paula, de esos que llenan el alma y no tienen precio.

—¡Qué ganas tengo de que se te empiece a notar la barriguita! —le dice Paula cuando se separan.

—¿No se nota aún? —pregunta Ana, estrechándose la camiseta contra el cuerpo, a lo que Javier y su amiga niegan con la cabeza—. Bueno, es que es pronto, ¿no?

—¿Te está sentando bien el embarazo? —pregunta Javier.

—No me puedo quejar, apenas tengo ganas de vomitar, solo un poco por las mañanas. Pero, sobre todo, es que estoy muy feliz.

—Se te nota, estás muy guapa.

Paula lo dice convencida. Ana tiene un brillo especial en sus ojos azules y transmite su felicidad desde que entró en la habitación. Javier es amigo de Ana, casi tanto como lo es Paula, y verlo repuesto, después del tremendo susto que se llevaron, es suficiente motivo para no dejar de sonreír. Si a ello le suma la dicha por ese embarazo tan deseado, es normal que lo que siente, ellos dos puedan captarlo.

—¿Tú qué tal estás? —le pregunta Ana a Javier, apoyándose en el borde de la cama.

—Bien —dice él, y le guiña un ojo.

—Todavía le queda mucho para estarlo del todo —matiza Paula—, pero los médicos están contentos con su recuperación.

—Me alegro muchísimo. Cuando salgas tenemos que celebrarlo. Hay una comida familiar aplazada para que puedas asistir.

—Hecho —le dice Javier.

Él está cansado por las horas sin dormir, pero era tanta la necesidad que tenía de contacto humano que apenas lo nota y sigue charlando con Ana durante un buen rato. Sus ojos permanecen muy abiertos y transmiten vitalidad, no como los de Paula que está batallando por no rendirse al sueño en medio de la conversación. Mantiene una lucha a muerte consigo misma, intentando dejar de bostezar, pero cuanto más lo piensa, más se le abre la boca.

—Vete a dormir —le dice Javier.

—Quería quedarme contigo también esta noche —contesta.

—Ya habrá tiempo —dice Ana—. Yo también estoy bostezando, esto es lo más contagioso que conozco. Ahora me la llevo, Javier.

—¡De eso nada! —protesta ella.

—Vamos, tienes una cosa que hacer, además —señala su amiga y ante la cara interrogante de los dos, continúa—, tendrás que contarle a Valeria que su padre ya está bien y que podrá verlo muy pronto.

Paula se queda callada, mirándolos a los dos alternativamente, con cara de circunstancias.

—No me he atrevido todavía a decirle nada a Valeria. Ni siquiera sabe que estás en el hospital, Javier. Piensa que estás siguiendo un caso —confiesa.

Ha sido incapaz de enfrentarla a la situación y, durante estos días, ha ido encadenando mentiras piadosas, un reguero de excusas que Valeria empezó a poner en duda desde el segundo día. Algunas veces Paula estaba tan abatida que soltaba lo primero que se le ocurría. Al momento, la alarma la invadía, porque no era capaz de recordar qué le había dicho y porque Valeria no es de quedarse con dudas. En eso sí que no se parece a ella. Pregunta hasta la saciedad y, si no se queda conforme, al día siguiente inicia un nuevo interrogatorio. Quizá acabe siendo policía como su padre. De momento, a ella, la ha pillado en más de un renuncio.

—Paula, Ana lleva razón. Cuéntale la verdad, será lo más sencillo para que ninguno de los dos metamos la pata. He ido a llamarla dos veces hoy, pero siempre entraba alguien y lo he tenido que dejar. Si no, yo mismo te habría hecho quedar fatal. Ve a casa y habla con ella. Y en cuanto puedas me la traes. Me muero de ganas de darle un beso.

—Tiene siete años —les recuerda Paula—. La enfermera esta se ha puesto como se ha puesto por unas flores, no quiero ni pensar en lo que haría si colamos a una niña. Capaz es de intentar confiscárnosla.

—Mira que te gusta exagerar —dice Ana.

Va a poner alguna pega más, a disparar todas las excusas que se le ocurran, unas detrás de otras, pero ante las caras de los dos decide que es mejor ceder. De momento.

—Está bien —bosteza de nuevo—, me voy y hablaré hoy mismo con Valeria, pero en cuanto descanse unas horas y me despierte volveré. Sé cómo colarme en plena noche.

—No te confundas de habitación —le recuerda Javier, y se gana un «idiota» de vuelta a los que está más que acostumbrado.

Ambas amigas cogen los bolsos y es Ana la que se despide primero. Los dos besos en las mejillas van cargados de cariño y le repiten las ganas que tiene de verlo fuera del hospital, recuperado del todo. Paula solo le da un beso. Largo, íntimo, uno de los que solo sabe compartir con él. Le cuesta separar los labios y marcharse, pero Ana ya ha salido de la habitación y, discreta, la espera fuera. Ha conseguido su propósito de llevársela, pero no va a poner ninguna objeción en que se despida como le apetezca.

—Vamos, no la hagas esperar —le dice él. Le guiña un ojo como despedida.

—Hasta mañana.

No ha dado dos pasos hacia la puerta cuando ve entrar a una mujer. Castaña, treintañera, alta, con el pelo largo y los ojos oscuros, y tan atractiva que de pronto Paula se siente pequeñita. La ha reconocido al instante. Es Miranda. Las dos se estudian un momento y casi a la vez se giran hacia Javier.

Quizá solo transcurren unos segundos, pero la lentitud con la que se mueven parece que ha puesto el mundo en cámara lenta. Ninguno de los tres da un paso, se quedan suspendidos en una incómoda escena que solo parece recuperar el ritmo normal cuando Paula da las buenas noches y sale de la habitación.

Se recuerda que ha jurado controlarse y no dar portazos.

En estos días, Javier ha pensado alguna vez en Miranda. Sabe que el traslado, aunque lo haya pedido, no se hará efectivo hasta dentro de unos meses y por eso se siguieron viendo hasta el accidente, aunque zanjaran su relación. Por Escudero, que ha ido a verle esa misma tarde, también está al tanto de que Miranda ha estado preguntando por él. Sin embargo, no esperaba su visita a última hora de la tarde.

—¿Cómo estás? —le pregunta Miranda.

—Mucho mejor. Sorprendido por verte aquí.

—He esperado a última hora, por si hubiera suerte de que estuvieras solo, pero ya veo que no. Solo he venido un momento a saludarte y a decirte que me alegro de que todo esto haya pasado.

—Gracias.

No sabe qué decirle, traga saliva mientras se acuerda de la conversación que mantuvieron, de las palabras que Miranda puso frente a él: «Ya es hora de tomar una decisión. O la tienes contigo o la dejas de una vez, pero no te quedes a medias porque no es bueno. Ni para ti, ni para la persona que crea que puede empezar una historia contigo. Puedes hacer mucho daño».

—Ya he decidido, Miranda.

Ella, que no puede saber qué es lo que está pensando, al principio se queda varada en el desconcierto. Son unos instantes, el tiempo que tarda en ir atando cabos. Después, poco a poco, una luz se va abriendo paso y entiende, porque tampoco ha olvidado las palabras que le dijo. Ese espejo que puso frente a sus ojos para que se mirara tal y como lo veía ella con respecto a Paula.

—No he venido a buscar otra oportunidad, Javier, ni a pedirte que decidas. Ya sé lo qué decidiste. Aunque te parezca tan extraño, solo quería asegurarme de que estás bien. Y me alegro de que tengas las cosas claras de una vez. Te dije que era lo mejor que podrías hacer. Por ti. A mí me está costando digerir todo esto. No va a ser sencillo, pero lo haré. Solo necesito tiempo.

—Te he hecho daño —reconoce él, que ha pensado muchas veces en estos meses en lo injusto que fue su comportamiento con Miranda.

—No me alegro de la decisión que has tomado. Aposté por ti y he perdido, pero he entendido que es lo mejor para los dos. Yo me iré, tarde o temprano desapareceré del todo de tu vida y continuaré con la mía. Estoy segura de que algún día empezaré otra relación y hasta es posible que me olvide de lo que tuvimos. O que lo entierre, entre otros recuerdos que sean mejores y que necesite guardarlos más a mano. Pero tú no, Javier, tú siempre vas a estar contigo. Necesitabas decidir.

—¿Por qué has venido?

—Ya te lo he dicho, quería ver que estás bien. No me pareció prudente presentarme en la UCI, por eso he esperado hasta que te han sacado de ahí.

—Pensé que no vendrías después de cómo me comporté. No fui sincero contigo. Ni siquiera conmigo mismo lo he sido durante mucho tiempo.

Miranda suelta una carcajada inesperada, que desconcierta al inspector de policía. La conversación se había ido poniendo seria y no entiende qué es lo que ha podido decir que le ha hecho tanta gracia. Él no se la ve.

—¿Tú te crees que soy un personaje de novela? —le pregunta—. Los personajes hacen lo que es mejor para la historia, se ponen dramáticos y se juran odios y amores eternos. Las personas, al menos las personas como yo, no. Necesitaba venir a ver a un amigo que me ha importado mucho y lo he hecho. Solo te guardaría rencor por una cosa.

—¿Por qué?

—Si te hubiera dado por morirte dejando otra historia a medias. Sin ponerle un punto final definitivo.

Javier sabe que se impone algo así en su vida, que no es bueno que se deje las historias sin cerrar porque corre el riesgo de que le persigan siempre. Por eso, aunque tarda un poco en decidirlo, opta por un abrazo.

Una despedida mejor que la que tuvieron. Es largo y cálido, y le confirma que Miranda también ha sido su amiga durante el último año. Puede que ya no vayan a compartir cama, pero pueden iniciar otro camino. Aunque, de momento, se imponga la distancia por su traslado y porque siempre es mejor que el tiempo suavice los sentimientos y los recoloque.

—Me voy ya. Descansa –le dice cuando se separan.

—Gracias por venir.

—Ah, y ahora que la tienes, no la pierdas. Siempre me habéis dado mucha envidia, que lo sepas.

—¿Paula y yo?

—Sí, vosotros. Yo también quiero un amor así, uno que me despeine.

Miranda sale cerrando la puerta. Despacio. Sin alborotar el aire. Como en realidad ha sido siempre hasta que Paula apareció de nuevo, construyendo un muro entre los dos.

Javier, sin pensarlo, marca el número de Paula en cuanto se siente a solas. Si quiere que las normas que han inventado de madrugada funcionen, debe empezar a ponerlas en práctica. Hoy, se impone arrancar en la tercera: hablarle de la conversación con Miranda.

No quiere que se duerma dudando nunca más.

Epílogo

Mes y medio después de salir del hospital

Javier revisa por quinta vez el armario, intentando decidir cómo terminar de ordenar sus cosas en el escaso hueco que le deja la ropa de Paula. Los pantalones han sido fáciles de colocar; las camisas, aunque de dos en dos en las perchas, ha logrado colgarlas y para la ropa interior no hay problema. Ocupa los cajones de la mesita de noche que ella le ha dejado vacíos. Su inseparable cazadora de cuero ha podido trasladarla al perchero de la entrada. El problema, lo que no encuentra dónde poner, es el calzado. ¿Cómo puede Paula tener tantísimos zapatos? Invaden toda la parte baja del mueble, sin darle opción a ubicar ni uno solo de sus pares. En cuanto vuelva tendrán que renegociar ese punto de la convivencia.

Sonríe. Está seguro de que la negociación irá a buen puerto, e incluso lograrán llegar a un acuerdo favorable para ambas partes sin gritarse ni una sola vez. En el último mes y medio no lo han hecho y parece que al fin le están pillando el truco a eso de comportarse como adultos.

Ya era hora.

—Papa —dice Valeria, entrando en el cuarto—, ¿me vas a llevar tú a piano o mamá?

—¿Qué hora es?

Se asusta. Ha estado tan entretenido que se ha olvidado que han vuelto a empezar las clases de Valeria.

—Falta una hora, no te preocupes, pero es que no he merendado y me gustaría merendar antes de ir a clase.

—La merienda, sí, claro, voy.

Deja los zapatos en medio de la habitación y agarra a Valeria, cargándola en un hombro. La niña no espera el gesto de su padre y al principio grita asustada, pero enseguida empieza a reír con ganas. Javier aprovecha para hacerle cosquillas y la risa de Valeria va dispersándose en el pasillo, como una melodía. Para él, la melodía más bonita del mundo, mucho mejor que cualquiera de las que puedan salir de su piano. Ya en la cocina, la deposita con suavidad encima de uno de los taburetes que están junto a la mesa.

—A ver… ¿fruta? —pregunta, mientras mira en la nevera para inspeccionar el contenido.

—Puaj…

—La fruta es sana, Valeria, y además está muy rica —dice conciliador.

—¿No puedo merendar chocolate?

—¿Y qué opinará mamá de que meriendes chocolate?

—No le preguntes su opinión, dame chocolate —dice Valeria, provocando que su padre ponga los ojos en blanco. ¿Cómo puede ser tan pequeña y tener las cosas tan claras?

—Veo que os lo pasáis genial juntos.

Paula acaba de llegar de la calle y los ha escuchado al entrar en la cocina. Deja el bolso en la encimera y le da un sonoro beso a Valeria, para acto seguido volverse hasta Javier. El beso de él no hace ruido y se prolonga durante algo más de un minuto, impacientando a la niña.

—¡Eh! ¡Que tengo que merendar! —grita.

—De acuerdo. Hoy, y solo hoy —dice Paula—, te dejo que meriendes chocolate. Vamos, papá y yo te llevaremos a clase.

—¡Bien! —dice con mucho entusiasmo Valeria. No se sabe si es por el chocolate o porque por primera vez la van a acompañar los dos. Juntos.

Enseguida le preparan un bocadillo de Nocilla y Valeria, en cuanto lo tiene en sus manos, sale pitando, rumbo al salón.

—¡Cuidado con el bocadillo! —grita Paula, segura de que algún resto de chocolate se va a encontrar en el sofá.

—Déjala —le dice Javier, cogiéndola por la cintura—, ¿dónde has estado? Ya te estaba echando de menos.

—Solo he estado fuera un par de horas, impaciente. Pero te aseguro que si de ahora en adelante todos los recibimientos al llegar a casa van a ser así, saldré muy a menudo. Hoy tenía que hacer una cosa importante.

Nada más contestar se aferra a su cuello y le regala un beso apasionado. Javier mira de reojo el reloj de la cocina y valora la posibilidad de llevársela a la habitación, a asegurarse de nuevo de la comodidad de la estancia que van a compartir desde ese día. Ya está mudado a casa de Paula, a falta de colocar los zapatos, y eso se merece una celebración, aunque con la niña merendando en el salón y metiéndoles prisa porque tiene que ir a sus clases de música no sabe si será una buena idea. Están aprendiendo a que el sexo entre ellos no sea apresurado, a tomárselo con más calma. Igual que se lo están tomando todo desde que decidieron darse una nueva oportunidad.

—¿Qué es esa cosa que tenías que hacer? —le pregunta, separándose a su pesar. No van a tener tiempo.

—Ah, esto.

Paula se quita la chaqueta y al pasar la tela sobre el hombro derecho se ve un vendaje. Le mira, sonriendo, ignorando la preocupación que se ha plantado en el rostro de Javier al verlo. Despacio arranca el apósito y deja al descubierto una herida abierta. La piel enrojecida tiene restos de vaselina y destaca en ella un pequeño dibujo tatuado: una pieza de puzle que encaja a la perfección con la que él lleva en su hombro.

—Me dijiste que no habías encontrado aún la otra parte.

—¿Significa que estás decidida a quedarte?

—Significa que ya no tengo ninguna duda de que eres tú. No voy a volver a salir corriendo, me voy a quedar porque tú y yo somos esas dos piezas que encajan. Aunque a veces se les haya olvidado que es su sitio.

Vuelve a cubrir la herida abierta y se coloca la chaqueta. Tienen que llevar a Valeria a clase. Agarra el bolso, pero Javier se lo quita y vuelve a dejarlo en la encimera. Sujeta su rostro con ambas manos y la besa. Un beso suave. El siguiente, más profundo. El tercero provoca una explosión en los dos que podría ser el preludio de una sesión de fuegos artificiales. Ansiosas, las manos exploran sus cuerpos, colándose debajo de la camiseta de Paula las de él y aferrándose a la nuca de Javier las de ella. En un momento, Paula sube las manos por su cabeza y roza la cicatriz que le ha quedado y da gracias porque ahora sea el único recuerdo del accidente. Valeria, desde la puerta de la cocina, observa a sus padres con rastros de chocolate en la comisura de los labios.

—¡Eh, vosotros! ¡Que llego tarde a clase!

Van a tener que dejarlo para después. Al fin y al cabo, ahora que están seguros de que ninguno va a salir corriendo, tienen todo el tiempo del mundo.

—Vamos —le dice Javier a su hija.

—Papá, estoy pensando una cosa.

—Dime, Valeria.

—Si tenéis otro bebé, en mi habitación ni se os ocurra meterlo.

AGRADECIMIENTOS

Aunque la escritura sea un trabajo solitario, siempre hay personas a tu lado que consiguen que, al final, esto sea una historia compartida. Quiero dar las gracias a Pilar Muñoz y Alberto González por estar siempre conmigo, animándome a sacar las novelas de mis cajones y por dedicar su tiempo a leer todo lo que escribo. Sois los mejores. A Roberto Martínez, por sus impagables consejos después de revisar el borrador de una historia que no es, ni por lo más remoto, de su estilo. A mi vecina Gema, que además se tomó la molestia de volver a leer *Su chico de alquiler* para evitar hubiera incoherencias entre las dos novelas y a Marco Villa Palacios, por su estupendo asesoramiento, entre risas, en cuestiones motociclistas. Quiero darle las gracias también a Yasnaia Altube y a María José Moreno, que me ayudaron a decidirme por la imagen que será la carta de presentación de esta novela y a Meg Ferrero, enfermera de la UCI y escritora, que revisó conmigo esa parte de la historia.

No me puedo olvidar en estas palabras del equipo de HarperCollins Ibérica. Gracias a María Eugenia Rivera, por creer en mí y a Elisa Mesa, mi editora, por ponérmelo todo tan fácil. A Rosa Rincón, porque aprendo muchísimo de ella cuando corregimos y porque me encanta cómo es. Y a Mónica Sota, que tiene más paciencia que un santo con mi perfeccionismo.

Por supuesto, gracias a todas las personas que me leen, que dejan sus comentarios, me animan y me empujan a exigirme cada vez un poco más.

Y gracias a Javi, por esa sonrisa que ya no podré ver más, pero que se ha quedado guardada dentro de mí, entre mis mejores recuerdos.

<u>**ÚLTIMOS TÍTULOS PUBLICADOS EN HQN**</u>

Un viaje por tus sentidos de Megan Hart

De repente, el último verano de Sarah Morgan

Trampa a un caballero de Julia London

Amor en cadena de Lorraine Cocó

Algo más que vecinos de Isabel Keats

Antes de la boda de Susan Mallery

Todas las estrellas son para ti de J. de la Rosa

Reflejos del pasado de Susan Wiggs

Amor en V.O de Carla Crespo

Siempre en mis sueños de Sarah Morgan

Tú en la sombra de Marisa Sicilia

Enamorada de un extraño de Brenda Novak

El retrato de Alana de Caroline March

Gypsy de Claudia Velasco

Un beso inesperado de Susan Mallery

www.ingramcontent.com/pod-product-compliance
Lightning Source LLC
Chambersburg PA
CBHW011927300726
48970CB00008B/2600